얼룩말 무늬를
신은 아이

얼룩말 무늬를 신은 아이

1판 1쇄 발행 2017년 11월 22일
1판 2쇄 발행 2018년 9월 17일

지은이 윤미경
펴낸곳 (주)중앙출판사
펴낸이 이상호
책임편집 한라경
디자인 이든디자인 오성희

주소 경기도 파주시 문발로 405, 2층
등록 제406-2012-000034호(2011.7.12.)
구입 문의 031-955-5887   **편집 문의** 031-955-5888   **팩스** 031-955-5889
홈페이지 www.bookscent.co.kr   **이메일** master@bookscent.co.kr

ISBN 979-11-86771-22-8   44800
        978-89-97357-33-8   (세트)

이 도서의 국립중앙도서관 출판예정도서목록(CIP)은 서지정보유통지원시스템 홈페이지(http://seoji.nl.go.kr)와
국가자료공동목록시스템(http://www.nl.go.kr/kolisnet)에서 이용하실 수 있습니다.(CIP제어번호:CIP2017029451)

중앙
청소년
문고

얼룩말 무늬를
신은 아이

윤미경 지음

얼룩말 무늬를
신은 아이

사회 PPT 자료를 만드느라 밤늦게까지 인터넷을 헤매던 중이었다. 어쩌다 자료와 상관없는 포털 사이트에서 빠져나오지 못한 채 몇 시간이 흘렀다.

그러다 아주 작은 기사 하나가 마우스를 잡아당겼다.

'배고픈 다리 동물원' 폐쇄 임박, 갈 곳 없는 동물들

○○산이 원자력 발전소 건설 부지로 선정된 가운데 ○○산 속에 있는 배고픈 다리 동물원의 폐쇄가 임박했다. 하지만 새로운 보금자리를 찾지 못한 동물 몇 마리가 아직 동물원 안에 남아 있어 시급한 조치가 필요하다.

작년, 동물원 폐장이 결정되면서 건강하고 인기 있는 호랑이나 코끼리, 기린 같은 동물들은 다른 동물원으로 입양되어 떠나고, 현재 동물원에 남아 있는 동물은 몇 되지 않는다.

남은 동물들은 다리에 줄무늬가 없는 돌연변이 얼룩말이나 늙은 사자, 깃털 빠진 공작새 등 온전하지 못한 동물들이어서 입양해 가겠다는 동물원이 나타나지 않고 있다. 관리원들도 떠나 사육사 한 명이 동물들을 돌보고 있다.

배고픈 다리 동물원…. 가슴이 두근거렸다.

어디선가 얼룩말 울음소리가 들려왔다.

그날부터였다.

잊고 있던 얼룩말 울음소리를 다시 들은 것은.

무늬를 팝니다

분명히, 얼룩말 울음소리였다.

깜짝 놀라서 벌떡 일어났다. 비몽사몽 채 빠져나오지 못한 낮잠의 꼬리를 붙들고 얼룩말이 따라 나오려고 했다. 머리를 흔들어서 귓바퀴에 돌고 있는 여음을 털어냈다. 거실이다. 잠이 들었던 모양이다. 그 사이 얼룩말 울음소리가 또다시 잠을 깨운 것이다.

"깨톡!"

휴대폰 메시지 알림음이 울렸다. 몽롱한 눈으로 휴대폰을 바라봤다. 나를 깨운 건 얼룩말 울음소리가 아니라 이 알림음이었기를….

한결아, 간식 챙겨 두었으니까 꼭 먹고 학원 가.

아줌마에게서 온 메시지였다. 그러고 보니 영어 학원 갈 시간이 다 됐다. 학교에서 돌아온 후 소파에 잠깐 누웠다가 낮잠이 든 것이다.

회사에 나가 있는 동안에도 아줌마의 안테나는 나를 향해 예민하게 주파수를 맞추고 있다. 내 일주일 스케줄과 아줌마의 스케줄은 자동 링크되어 같이 움직인다. 물론 움직이는 주체는 나고, 아줌마는 거기에 맞춘다. 이 무조건적인 관심과 배려는 때론 성가셨고, 주로 부담스러웠다.

오늘은 아침부터 아빠와 한바탕 실랑이를 해서인지 온종일 찜찜했다.

아빠와 나는 원래부터 살가운 사이가 아니다. 아빠는 과묵하다고 하기엔 지나치게 조용하고 차가운 성격이다. 나 역시 그 기질을 닮았는지 어릴 적부터 헤프게 엉덩이 흔드는 법이 없었다고 했다. 몸이 자라면서 덩달아 웃자란 무뚝뚝함은 아빠와 나 사이에 단단한 벽을 만들었다. 벽은 중학생이 되자 더욱 견고해졌다. '아빠와 아줌마와 나' 이런 어색한 조합에 나는 적응하지 못했고, 합의점을 찾지 못한 채 사춘기를 맞고 말았다.

"아줌마, 전 시금치 된장국 싫어요."

오늘 아침의 소란은 작은 말 한마디에서 시작됐다.

내가 제일 싫어하는 시금치가 된장국 속에 빠져 있었다.

"중학생이나 되는 녀석이 편식이냐!"

아빠가 불쑥 끼어들었다. 과묵한 아빠가 수고스럽게 입을 열어 내뱉는 말은 주로 훈계다.

"노력해도 좋아지지 않는 건, 몸하고 안 맞는 걸 수도 있댔어요."

나도 오늘은 되받아치는 수고를 아끼지 않았다.

"언제까지 아줌마라고 부를 셈이냐. 네 엄마가 된 지 벌써 몇 년인데!"

이번에는 불똥이 호칭으로 튀었다. 어쩌면 아빠는 처음부터 이 말을 하고 싶었는지도 모른다. 아빠는 아줌마를 엄마라고 부르지 않는 나를 매번 못마땅해했다. 그 위압적인 목소리와 싸늘한 표정을 보면 말랑해지려던 마음은 급속 냉동되어 저만치로 굴러가 버렸다.

"엄마는 되는 게 아니라 원래부터 있어야 하는 건데요."

반사적으로 삐딱한 말이 튀어나왔다. 예전엔 아빠가 하는 말에 대꾸를 하지 않았다. 애교만 없는 게 아니라 특별히 반항심도 없었다. 하지만 '2차 성징'이란 게 시작되어 목소리가 굵어지고 목울

대가 간질거리면서부터 좀 달라졌다. 없던 반항심이 생기며 말에 가시가 돋았다. 마침내 중2가 되자, 말은 전두엽이라는 필터를 거치지 않고 바로 혓바닥을 점프대 삼아 사방으로 날아갔다.

금방 점프대를 떠난 가시 돋친 내 말이 아빠 얼굴에 날아가 박혔다. 아빠는 들고 있던 숟가락을 탁, 하고 소리 나게 내려놨다. 얼굴도 급속 냉동이 되어 딱딱해졌다.

"한결아, 오늘 당번이라고 하지 않았니? 일찍 나서야 하지 않아?"

아줌마가 재빠르게 일어나 누가 보아도 과장된 몸짓으로 호들갑을 떨었다. 아빠와 나 사이의 벽이 높아질수록 아줌마의 줄타기는 아슬아슬해졌다. 벽으로 가로막힌 우리 둘 사이를 왔다 갔다 하던 아줌마는 아빠가 더 소리를 지르기 전, 내가 더 들이대기 직전에, 줄에서 뛰어내려 몸으로 막았다. 오늘 아침도 줄에서 몸을 던진 아줌마의 살신성인 덕분에 아침밥도 못 먹고 이른 시간에 등교해야만 했다.

그런 나에게 미안했는지 아줌마는 내가 좋아하는 마카롱과 바나나를 식탁에 한가득 올려두었다. 아빠에 대한 불만은 번번이 아줌마를 향한 명분 없는 시위로 이어졌다. 준비해 놓은 간식에는 일부러 손도 대지 않고 사탕 바구니에서 사탕 두 알만 집어 밖으로 나왔다.

아파트 단지 안, 공원을 가로질러 바쁘게 걸었다. 학원 숙제를 하지 않았다는 생각이 뒤늦게 들었다. 걸음이 느려지기 시작했다. 그냥 새 버릴까? 언제든 학원을 빠질 이유는 백만 가지쯤 대기 중이었고, 그중 하나 골라잡는 것은 일도 아니었다. 오늘은 아침에 아빠와 나눈 설전을 핑계 삼아 상심한 척하면 된다. 한 끼만 굶어도 큰일 나는 줄 아는 아줌마가 숟가락 들고 있는 나를 등 떠밀어 보낸 터라, 상심은 아주 약발이 잘 받을 것이다. 그런 속 빤한 궁리를 하느라 어물쩍거리고 있을 때였다.

"형아, 이 양말 사."

누군가 부르는 소리가 들렸다. 소리 나는 쪽으로 몸을 돌렸다. 분수대 옆 커다란 나무 그늘 밑에 꼬마가 서 있었다. 대여섯 살쯤 되어 보이는 남자아이였다. 고불고불 곱슬머리를 한 꼬마의 볼에는 주근깨가 잔뜩이다. 동화책 속 어린 왕자가 또박또박 걸어 나온 것 같은 모습이었다. 꼬마는 돗자리 위에 무언가를 펼쳐 놓고 있었다.

무늬를 팝니다

종이에 삐뚤빼뚤 쓴 글씨가 눈에 들어왔다. 주말 오후면 가끔 공원에서 벼룩시장이 열리곤 한다. 하지만 오늘은 평일이고 물건을 파는 다른 사람들은 보이지 않았다.

"나 부르는 거야?"

"거기 형아 말고 누구 또 있어?"

큰 눈을 동글동글 굴려 가며 꼬마가 소리쳤다.

"이런 발랄한 꼬맹이 같으니. 형아라고 부르지를 말든가, 언제 봤다고 초면에 말부터 트냐? 부모님은 같이 안 오셨어?"

"이 양말 데려가!"

내 말은 싹 무시하고 꼬마가 코앞으로 양말을 내밀었다.

꼬마가 들이민 것은 얼룩말 무늬 양말이었다. 얼룩말 무늬를 보자 나도 모르게 이맛살이 찌푸려졌다. 늘어놓은 양말을 들여다보니 표범 무늬, 사슴 무늬, 기린 무늬… 모두 동물무늬 양말이다. 사자 갈기가 달린 우스꽝스러운 양말도 있었다.

"지금 나보고 이 유치한 동물 양말을 사라는 거냐?"

"얼룩말 무늬가 형아를 부르는데? 그러니까 형아가 데려가."

"꼬맹이! 무슨 뚱딴지같은 소리야. 얼룩말 무늬가 왜 날 불러."

좀 전에 거실에서 얼룩말 소리를 듣고 나오는 참인데, 이번에는 무늬가 날 부른단다.

"형이 나타났을 때부터 양말이 낑낑거린단 말이야. 그리고 나

꼬맹이 아냐, 여섯 살이나 먹었다고!"

"내 매력이 양말한테도 먹힐 줄은 몰랐는걸."

"형아한테 얼룩말 소리가 들린다고! 소리를 그렇게 질질 흘리고 다니니까 무늬가 떼를 쓰잖아."

여전히 말은 반 토막이고 꼬마는 밑도 끝도 없이 당당했다.

"설마 그 소리가 너한테도 들린다는 거냐?"

"그럼 그렇게 크게 우는데 안 들려?"

가슴이 덜컥 내려앉았다. 양말을 팔려고 거짓말을 하기에 여섯 살은 너무 천진한 나이다. 정말, 나한테 얼룩말 소리가 난다는 건가.

"미안하지만, 나 지금 돈 없어."

"사탕 두 알 있잖아. 그거면 충분해."

마치 내 주머니 속이 환하게 보이기라도 하는 듯 꼬마가 말했다. 꼬마 얼굴을 뚫어지게 쳐다봤다. 도대체 누구냐, 넌!

"어떻게 안 거야? 나한테 사탕 두 알 있는 거."

나도 모르게 주머니에서 사탕을 찾아 꼬마에게 내밀었다. 꼬마는 사탕을 잽싸게 채 가더니 그 자리에서 날름 한 알을 까먹고 나머지 한 알은 주머니에 쏙 집어넣었다.

"양말은 딴 사람한테 팔아."

17

처음부터 양말을 받아 갈 생각은 없었다. 가끔 들려오는 얼룩말 울음소리도 진저리가 쳐진다. 얼룩말 울음소리는 여지없이 엄마 목소리를 몰고 왔다. 고개를 흔들었다. 그것도 버거운데 울음소리에 홀린 얼룩말 무늬까지 챙겨갈 생각은 없다.

"안 돼!"

사탕을 빨아 먹느라 볼을 볼록하게 만든 와중에도 꼬마가 야무지게 소리쳤다.

"무늬도 따라가고 싶은 주인이 있는 거야."

꼬마는 하나도 고마워하지 않았다. 오히려 도망가지 말라는 듯 내 손을 꽉 잡기까지 했다. 억지로 내 손을 펴더니 그 위에 양말을 턱! 하고 올려놓았다.

"아마 곧 필요하게 될걸?"

꼬마는 씨익 웃었다. 사탕 두 알이랑 양말 한 켤레를 바꾸는 건 절대 밑지는 거래가 아니다. 내키지 않았지만 양말을 받았다.

"그 얼룩말 무늬, 형아가 불러서 따라간 거니까 이제 형아가 책임져야 해!"

살다가 양말 책임지라는 소리를 듣게 될지는 몰랐다. 양말은 더욱더 상품성이 떨어졌다. 뭔가 대단히 불량한 물건을 떠안은 기분.

"얼른 집에나 가. 부모님 걱정하시겠다."

꼬마에게 의젓한 소리를 해 주는 거로, 왠지 당하는 것 같은 기분을 떨쳐냈다. 돌아서서 조금 걷다 보니 웃음이 픽 나왔다. 양말을 물끄러미 바라봤다.

"무늬가 나를 불렀다고?"

제정신이 돌아오자 어이가 없어서 다시 웃음이 나왔다. 내가 지금 꼬맹이에게 홀려서 뭘 듣고 있는 거지? 아까 소파 위에서 꾼 꿈을 연속극으로 이어서 꾸는 건가? 얼룩말 울음소리 끝이 다른 날과 다르게 더 생생하더라니. 걸음을 멈추고 뒤를 돌아봤다.

그새 짐이라도 싸서 사라진 걸까. 꼬마가 있던 자리엔 아무도 없었다. 불과 몇 발자국 걸었을 뿐이고, 양말을 챙겨 사라지기엔 너무 짧은 순간이다.

양말을 다시 바라봤다. 하얗고 까만 줄무늬가 살아서 꿈틀거리는 것 같다. 양말과 꼬마가 있던 자리를 번갈아 봤다.

날씨가 많이 덥지? 학원 선생님께서 전화하셨구나.

아줌마가 보낸 메시지가 정신을 차리게 해 주었다. 영어 선생님은 필요 이상으로 자주 아줌마에게 전화를 해댔다.

양말을 쑤셔 넣고 학원으로 뛰었다. 한참 늦었다. 숙제를 해 오지 않은 나에게 쏟아지는 선생님의 찰지고 강도 높은 애정의 잔소리 폭탄을 온몸으로 견뎌야 했다.

그러다 문득, 꼬마에게 붙들리는 통에 학원을 새 버리려던 걸 잊었다는 사실을 깨달았다. 분하게도 그동안 밀린 숙제까지 몽땅 다 해야만 했다.

그러느라 얼룩말 양말은 까맣게 잊었다.

양말, 달리다

늦잠을 잤다. 어젯밤에 게임을 하다가 새벽녘에야 잠이 들었나 보다.

"한결아, 한결아. 벌써 일곱 시 넘었어."

간신히 눈을 떴다. 모래알이 잔뜩 들어간 것처럼 눈이 뻑뻑했다. 정신을 못 차리고 눈만 끔벅대고 있는 나에게 아줌마가 야채주스를 가져다주었다. 차가운 주스를 마시고 나서야 정신이 좀 들었다.

"괜찮니? 어제 너무 늦게까지 안 자더라. 학교에서 피곤하겠다."

어젯밤, 내가 잠이 들 때까지 아줌마도 자지 않았다는 걸 알고 있다. 아줌마는 나보다 먼저 잠자리에 드는 법이 없었다. 책을 읽거나, 텔레비전 볼륨을 낮추고 화면만 바라보거나 하면서 조용히 기다렸다. 그러다 내 방에 불이 꺼지면 그제야 자러 들어갔다. '학교에서 피곤하겠다.'라는 말은 '나도 회사에서 피곤하겠다.'라는 말과 같은 말이다.

아줌마는 내가 익히 알고 있는 '계모' 이미지와는 좀 달랐다. 신데렐라 계모처럼 구박하지도 않았고, 난폭하지 않았다. 부드러웠고, 세련됐다. 잔소리를 하더라도 직구로 던지는 법이 없었다. 하지 말아야 할 것을, 또는 해야 할 것을 변화구로 던졌다. 분명히 따뜻한 말이었는데, 나중에 생각해 보면 잔소리였다.

"밤이 늦었네? 몸 상하겠다."

아줌마는 늦은 시간까지 자지 않는 나에게 따뜻하게 데운 우유를 들고 와 부드럽게 말했다. 그건 어서 자라는 말보다 더 강력했고, 나도 모르게 이불에 들어가 어린 양처럼 잠이 들곤 했다. 어젯밤은 어린 양이 되기에 좀 무리가 있었다. 얼룩말 울음소리가 들리기 시작한 후로 잠을 자주 설친다. 핑곗김에 게임을 했는데 태영이 자식이 자꾸 도전을 해 오는 바람에 게임 시간이 길어지고 말았다. 조금만 조금만 더, 하다 보니 새벽 두 시였다. 덕분에 새벽까지 같이 자지 못했을 아줌마의 눈이 퀭했다. 이를테면 바로 이런 것이다. 잘못한 것도 없는데 뭔가 죄책감이 들게 만드는 것.

"왜 둘째를 갖지 않는 거야? 아직 아이를 갖기에 늦지 않은 나이인데."

고모가 아줌마를 재촉하듯 말하면 아줌마는 조그만 목소리로 속삭였다.

"저, 아들 있잖아요. 한 명이면 충분해요."

한 명이면 충분하다는 그 아들이 나라는 사실에 당황스럽기까지 했다. 나는 아줌마 아들이 아니다. 아줌마가 아기를 갖는 건 나도 싫다. 그건 아줌마가 아기를 낳아 동생을 만들어 버리면 엄마가 돌아올 자리가 영영 없어질 것 같아서였지, 내가 아줌마 아들로 충분하기 때문은 절대 아니었다. 하지만 한 번도 그런 생각을 겉으로 드러내지는 않았다. 내가 끼어들 일이 아니라는 것쯤은 알고 있다. 그런데 아줌마는 원치 않는 희생을 자처하고는, 괜히 내가 앉은 자리를 가시방석으로 만들었다. 그런 큰일에서부터 어제처럼 사소한 것까지…. 아줌마의 배려가 짐이 되어 둘 사이에 늪을 만들었다. 아빠와는 벽을 쌓고 아줌마와는 늪을 사이에 두고 바라보는 그런 셈이었다. 나의 하루하루는.

부랴부랴 교복을 챙겨 입고 양말을 찾았다. 서랍을 다 뒤져도 마땅한 양말을 찾을 수 없었다.

"아줌…."

멈칫했다. 내가 부르면 아줌마는 미안해서 어쩔 줄 몰라 할 게 분명하다. 아빠한테는 분별없이 튀어나오던 말이 아줌마를 향해서는 한 박자, 숨 고르기를 했다.

난 맨발로 신발 신는 걸 딱 싫어한다. 살에 거친 것들이 쓸리는 느낌이 싫다. 문득 얼룩말 무늬 양말이 떠올랐다. 양말은 가방 안에 그대로 들어 있었다. 얼룩말 무늬가 좀, 아니 많이 거슬렸지만 달리 방법이 없었다.

'아마 곧 필요하게 될걸?'

양말 속으로 꼬물꼬물 발을 집어넣는데 꼬마가 했던 말이 떠올랐다. 당장 오늘 아침에 신게 될 줄이야.

양말은 보기보다 길었다. 신고 보니 무릎 바로 밑까지 올라오는 길이였다.

"영락없는 얼룩말 다리가 됐네."

다리가 간질거렸다. 유치원 때 이후로 이렇게 긴 양말을 신기는 처음이다. 하는 수 없이 교복 바지로 덮어서 가리고 학교로 향했다. 결국, 지각을 하고 말았다.

"정한결. 지각 세 번, 삼진 아웃이다! 계단 청소 알지? 하는 김에 물청소로 너의 능력을 마음껏 발휘해도 좋다."

담임 선생님이 말했다. 수업이 끝난 후 물걸레를 빨다 계단

24

청소를 시작했다. 담임 선생님의 격려에 고무되어 양말까지 벗고 본격적으로 계단을 닦아내던 중이었다.

"헐~! 양말 패션 봐라. 웬 얼룩말 껍질을 신고 온 거야?"

어느 틈에 태영이가 계단 난간에 걸어 놓은 양말을 흔들며 서 있었다. 주머니에 넣는다는 걸 깜박했다.

"이리 넘기지. 그 껍질 벗겨 오느라 애먹었어."

태영이를 가장 즐겁게 하는 일은 허접스러운 장난 말에 발끈하는 거다. 절대 흥분하지 않고 차분하게 말할 것, 태영이 퇴치법이다.

태영이와는 학기 초부터 티격태격했다. 아니 태영이가 일방적으로 시비를 걸어왔다. 녀석은 나뿐 아니라 반 전체를 향해 '묻지 마 테러'를 자행하는 녀석이다. 나는 쓸데없이 시비가 붙는 걸 싫어하는 편이라 그냥 조용히 피하곤 했는데, 그것이 오히려 비위를 건드려 녀석의 타깃이 되는 부작용을 낳고 말았다.

"너 지금 나 무시하냐?"

학기 초, 그것이 선전 포고였다. 태영이가 한 시답잖은 말에 내가 대답도 하지 않고 비쭉 비웃었다는 게 이유였다. 그것 하나로 녀석은 나에게 몇 달째 공들여 깐죽대는 중이었다. 우리는 외계인도 쫄게 만드는 중2였고, 서로가 서로에게 거칠 것 없는 적이었다.

아주 사소한 것에 더 사소하게 목숨을 걸었다.

태영이 손가락 끝에서 빙빙 돌고 있는 얼룩말 무늬 양말을 잽싸게 채 왔다.

"유치원 재롱잔치 때 신었던 유치찬란 스타킹이랑 똑같네."

"넌 그 재롱잔치 지금도 하잖아. 유치찬란하게."

픽 웃으며 말했다.

"야! 너 또 무시해? 얼룩말 코스프레나 하는 주제에!"

태영이 얼굴이 금세 벌게졌다. 저렇게 쉽게 전력을 노출하는 녀석이 번번이 덤비는 걸 보면 우습다. 이게 무시하는 거면 태영이 녀석이 정확하게 본 거다.

"어머, 멋진 무늬다! 난 얼룩말 무늬 좋아하는데."

지나가던 수다쟁이 수하가 호들갑스럽게 다가왔다. 수하가 다가오자 급격히 전의를 상실한 태영이가 머쓱하게 교실로 들어가 버렸다. 가만 보면 태영이는 수하 앞에서 꼼짝을 못한다. 또다시 헤프게 전력 노출. 칠칠하지 못하기까지.

"어디서 산 거야? 얼마 주고 샀어? 넘 귀엽다. 이런 매력 터지는 취향이 있는 줄 몰랐는데 오오~"

나는 매력이 터졌고 수하는 수다가 터졌다. 한 번 터지면 거의 재난 수준인 수다 따발총 때문에 청소가 끝날 때쯤엔 귀가 멍했다. 청소 후 양말을 다시 신었다. 바짓단 앞에서 기웃거리는 수하를 겨우 쫓아내고 보니 이번에는 학원 시간에 늦었다. 학원 선생님이 또 아줌마에게 전화하지 않을까 마음이 급해졌다. 오늘 아침 늦잠을 시작으로 도미노처럼 엉망이 된 하루를 아줌마에게 들키는 건 싫다.

발바닥에 불이 나도록 뛰었다. 학교에서 나와 사거리를 뛰어가는데 노란색 유치원 차가 내 옆을 지나갔다. 유치원 차에는 동물들이 그려져 있었다. 사자, 호랑이, 기린, 얼룩말….

그때였다.

"컹, 크허어어어 컹!"

또다시 얼룩말 울음소리가 들렸다. 귀를 찢을 듯 요란했다. 주로 꿈속에서 울던 얼룩말 울음소리가 이렇게 멀쩡한 정신에 들리기는 처음이었다.

"컹컹, 컹 크어어어어허엉 컹!"

얼룩말은 점점 더 크게 울어댔다. 갑자기 다리가 후끈거리기 시작했다. 다리에 핫팩을 겹겹이 붙여놓은 듯 뜨거웠다. 그대로 주저앉았다. 너무 뜨거워서 한 발짝도 움직일 수가 없었다. 그러더니 어느 순간 다리가 가벼워졌다. 가벼운 정도가 아니라 이대로 날아가는 게 아닌가 싶을 지경이었다.

"어어어?"

벌떡 자리에서 일어나 뛰기 시작했다. 정확히 말해 다리가 뛴 거였다. '내가 뛰고 있으나 내가 뛴 게 아니다'라는 말도 안 되는 상황이 말이 되고 있었다. 내 다리인데 멈출 수가 없었다. 학원과는 반대 방향으로 뛰었다. 어디로 가는지, 왜 가는지도 모를 곳으로 다리가 뛰었고, 헉헉대면서 몸이 딸려갔다.

내 앞으로 아까 봤던 노란색 유치원 차가 달리고 있다. 유치원 차를 보는 순간 다리는 더 후끈 달아올랐다. 유치원 차가 왼쪽으로 돈다. 내 다리도 급히 왼쪽 도로를 따라 달린다. 이건 뭐야, 그러니까 지금 내가, 유치원 차를 뒤쫓고 있는 건가? 아니 왜? 버스에 그려진 얼룩말 그림에 자꾸 눈이 간다. 설마 저 얼룩말을 쫓는 건 아니겠지. 그나저나 나는 왜 이렇게 빠른가. 100m를 17초에 달리는 내가, 지금은 0.7초에 달리고 있는 듯하다.

유치원 차는 계속 달렸고 이제는 확실해졌다. 나는 저 노란 유치원 차를 쫓고 있는 것이다. 가쁜 숨을 주체 못 해 쓰러지기 직전, 갑자기 다리가 딱 멈췄다. 서서히도 아니고 정말로 느닷없이 다리가 땅에 찰싹 붙은 것처럼 멈춰 섰다. 배려심 없는 착지로 몸이 같이 멈추지 못하고 앞으로 내동댕이쳐지며 굴렀다. 다행히 푹신한 쿠션이 깔린 바닥이 충격을 흡수해 주었다.

유치원 앞이었다. 아이들이 차를 기다리고 있었다. 수업을 마치고 집으로 돌아갈 시간에 맞춰, 유치원 차가 돌아오는 중이었던 모양이다.

"학생, 무슨 일이에요? 누구 데리러 왔어요?"

유치원 차에 딸려온 나를 보고 유치원 선생님이 다가와 물었다. 집에 가려고 가방을 메고 오종종 기다리던 아이들도 눈을 동그랗게 뜨고 바라봤다.

"아뇨, 그러니까 저, 그게 아니고!"

헉헉대며 간신히 대답하려던 그 순간부터 일어난 일은 정말 생각하기도 싫다.

나는 자리에서 벌떡 일어나 노란 유치원 차 앞으로 갔다. 그리고 차 몸체에 그려진 동물 그림 앞에서 춤을 추기 시작했다. 그때까지도 멈추지 않던 얼룩말 울음소리는 한 옥타브 더 올라가 귓속을 후벼 팠다. 얼룩말 그림에 시선이 떠나지 않는 걸 보면 이건 저 얼룩말 그림을 향한 구애의 춤인가. 역시 '내가 추고 있으나 내가 추는 것이 아닌' 춤은 계속되었다. 그러는 사이 유치원 선생님의 입은 커다랗게 벌어져 다물어질 줄을 몰랐고, 운전석에서 내린 기사 아저씨는 저런 미친놈을 봤나 하는 노골적인 표정을 지었다.

신이 난 건 아이들이었다. 곧 몇몇 아이들이 나를 따라 춤을 추기 시작했다. 얼룩말 그림을 향해 폴짝폴짝, 간혹 손을 땅에 짚고 다리는 하늘을 향해 발길질하듯 껑충껑충.

아, 쪽팔린다. 제발, 멈춰! 하지만 춤은 더욱 격렬해졌다. 내가 춤에 소질이 있다는 걸 오늘에서야 알다니. 아까 태영이에게 했던 말이 부메랑처럼 날아와 꽂혔다. 그러니까 나는 지금 꼬마들과 함께 완벽하게 재롱잔치를 재현 중인 것이다.

'그 얼룩말 무늬, 이제 형아가 책임져야 해.'

양말을 판 꼬맹이가 했던 말이 퍼뜩 떠올랐다.

"혹시 이 양말 때문에?"

날뛰는 다리를 달래고 달래 겨우 양말을 벗었다. 어찌나 사납게 날뛰어 대는지 내 다리지만 몇 번이나 찰싹찰싹 때려야만 했다. 한쪽 양말을 벗겨내자 거짓말처럼 한쪽 다리가 잠잠해졌다. 후끈 거리던 것도 없어졌다. 나머지 양말을 벗자 드디어 다리가 내 다리로 돌아왔다.

내가 갑자기 춤을 멈추자 아이들은 몹시 아쉬워했다.

"학생, 한 번만 더 여기 와서 이러면 경찰에 신고할 거예요."

유치원 선생님은 서둘러 아이들을 차에 태워 떠났다. 차가 떠난 자리에 벗어 던진 양말이 동그랗게 말려 바닥에 뒹굴고 있었다.

설마, 양말이? 한참 동안 양말을 바라봤다.

한결아, 무슨 일 있는 건 아니지?

아줌마에게 메시지가 왔다. 그새 영어 학원 선생님이 전화한 모양이다.

지금 가는 길이에요. 아무 일도 없어요.

사실 좀 겁이 났지만, 아무 일도 없다고 말하고 나니 겨우 용기가 났다.

엄지와 검지 두 손가락을 세워 손가락 끝으로 양말을 집어 들었다. 그냥 버리고 갈 수는 없었다. 가방 지퍼를 열고 황급히 양말을 던져 넣었다.

"그래. 아무 일도 아니야. 그냥, 어제 잠을 못 자서 그런 거야. 너무 늦게까지 게임을 해서 그런 거야."

몽유병이라도 걸린 사람처럼 중얼거리며 휘적휘적 걷기 시작했다. 아무 일도 아니라고 우기기엔 확실히 무리가 있었지만, 뭐라 달리 설명할 길도 없었다. 반쯤 넋이 나가 한참을 되짚어 걸었다.

몸이 안 좋으면 그냥 집으로 가서 쉬지 그러니.

일이 있어서 좀 늦는다고 학원 선생님에게 문자했어.

혹시 몸이 안 좋으면 병원에 들러. 아직 진료 가능한 시간이야.

아줌마는 내가 걱정됐는지 계속 메시지를 보내왔다. 결국, 늦잠으로 시작된 엉망진창 하루를 들킨 셈이다. 어느새 학원에 도착해 있었고, 어디든 앉아서 쉬고 싶었다. 전혀 수업에 집중되지 않았지만, 끝까지 마치고 돌아왔다.

저녁밥을 먹고 방에 들어와 양말을 책상에 올려놓았다. 무슨 일이 있었냐는 듯, 얼룩말 무늬 양말이 시치미를 떼고 있다. 하얗고 까만 줄무늬가 약을 올리듯 울렁거렸다.

용기를 내어 다시 양말을 신었다. 가지런히 발을 모으고 기다렸다. 눈을 감고 온몸의 신경을 발가락에 모았다. 꼼짝 않고 한참 기다렸지만 아무 일도 일어나지 않았다. 이게 아닌가? 양말 때문이 아닌가? 아니면 다른 필요한 조건이 더 있는 건가? 머릿속이 복잡해졌다.

"한결아, 빨랫감 있으면 내놓을래?"

아줌마 목소리가 들렸다. 정신이 퍼뜩 들었다. 에라, 모르겠다.
냉큼 양말을 벗어 빨래 바구니 안에 넣어 버렸다.

얼룩 다리 발길질

얼룩말 무늬 양말은 동그랗게 접혀 서랍에 들어 있었다. 양말을 집어 들었다. 가슴이 두근거렸다. 나도 모르게 양말을 들고 흔들었다가, 귀에 대고 소리를 들었다가, 냄새를 맡기도 했다. 이러다 맛까지 볼 기세로 양말을 구석구석 살피고 또 살폈다. 아무리 봐도 이상한 점이 발견되지 않았다.

잠시 망설이다 결국 양말을 신기로 했다. 피곤해서 환상 체험을 했다고 하기에 어제의 일은 너무 생생했고, 도대체 설득력이 없었다. 오늘 하루 더 지켜봐야겠다. 내가 언제, 어디서, 누구와 무엇을 어떻게 했기에 이런 일이 발생했는지 찬찬히 살펴봐야겠다.

"못 보던 양말이던데 어디서 난 거야?"

아줌마가 내 발을 보며 물었다.

"길 가는데 따라왔어요."

"그, 그래?"

아줌마는 엉뚱한 말을 하는 내 얼굴을 빤히 바라봤다. 아무튼, 틀린 말은 아니다. 사탕 두 알이었지만 이런 유치한 양말을 내가 직접 샀다고 하기가 좀, 그랬다.

좀 그렇다는 거. 대놓고 그렇지는 않지만 편하지만은 않은, 애매모호한 그런 거. 아빠에게는 적대감으로 무장하고 들이받아도 미안하지 않았다. 아무리 험한 소리를 내뱉는다 해도 그것으로 완전히 끝날 거라는 어떤 위기감 같은 건 없었다.

아줌마와 나는 노골적으로 표현해서는 안 될 일종의 간격 같은 게 있었다. 그것이 아줌마와 나 사이에 놓인 늪이었고, 절대 엄마라 부를 수 없는 이유였다. 친엄마에겐 뭐든 조심할 필요가 없었다. 엄마는 내 엉덩이를 흠씬 두드리고 야단을 치기도 했다. 그것이 서러워서 발을 동동 구르며 '엄마, 미워!' 소리치며 목이 쉬도록 울기도 했다. 하지만 바로 몇 분 뒤에는 깔깔거리며 뒹굴었다. 아줌마한테는 그게 안 됐다. 왜 살갑게 굴지 않느냐고 아빠는 야단을 치지만 그때마다 이 말을 하고 싶었다.

'아줌마는 내 엉덩이를 때리지 않으니까요.'

아마도 아줌마가 내 엉덩이를 때리는 날은 오지 않을 것이다.

"다녀오겠습니다."

깍듯하게 인사를 하고 학교로 향했다.

오전 내내 아무 일도 일어나지 않았다. 얼룩말 울음소리가 들리지 않았고, 발이 후끈하지도 않았다. 양말 속의 발가락들을 계속 꼼지락거렸다. 내가 너무 예민했던 걸까? 도무지 수업에 집중할 수 없었다.

쉬는 시간이었다. 태영이가 다가오더니 갑자기 내 교복 바지를 위로 추켜올렸다. 무릎까지 올라오는 얼룩말 양말이 수줍게 몸을 드러냈다.

"푸하하하, 뭐야. 오늘도 얼룩말 스타킹 아냐? 이런 지조 있는 자식! 어제도 오늘도 변함없이 유치찬란하다니. 혹시 빤스는 유치 빤스?"

태영이가 큰 소리로 웃었다. 아이들 시선이 얼룩말 양말로 모였다.

"오오, 근사한데. 동심을 일깨워 주는 양말이야."

"왜 동생 양말을 신고 왔대? 네 동생은 오늘 맨발로 학교 간 거 아니야?"

"한결이 동생 없~~~다!"

아이들이 저마다 한마디씩 했다. 어젠 용케 태영이 외엔 들키지 않았는데 오늘은 반 아이들 모두 알게 되고 말았다. 얼굴이 확 달아올랐다.

"내 양말에 왜 이렇게 다들 관심이 많은 건데?"

태영이 손을 밀어내고 바짓단을 내렸다.

"그런 양말을 신고도 관심 끄기 바라는 건 무리라고 본다."

태영이는 집요하게 물고 늘어졌다.

"더 나가면 안 참는다."

"큭, 안 참으면 어쩔 건데? 에고 무서워라."

마침 수업 시작종이 울렸다. 태영이는 혀를 쑥 내밀고 까불대면서 자리로 돌아갔다. 하는 꼴을 보니 어이가 없다. 저 녀석은 중2병을 앓고 있는 게 아니라 유치원에서 아직 졸업을 못 하고 있는 게 틀림없다.

결국, 급식시간에 일이 터지고 말았다. 오늘 점심 메뉴는 치즈스틱이었다. 치즈스틱은 내가 가장 좋아하는 메뉴다. 돌도 씹어 먹을 나이인 우리들은 괜한 짜증에 코를 빠트리고 있다가도, 맛있는 음식 한 접시에 단박에 하늘로 날아오르기도 한다. 오랜만에 기분이 좋아지려 했다.

"얼룩말은 풀을 먹어야지, 웬 치즈스틱?"

뒤에서 젓가락이 쑥 튀어나왔다. 태영이었다. 먼저 급식을 먹어 치운 태영이가 내 급식판에 있는 치즈스틱에 제 젓가락을 꽂았다. 그러고는 젓가락에 꽂힌 치즈스틱을 의기양양하게 들어 올리더니 날름 입 안으로 집어넣었다. 순식간에 나머지 치즈스틱도 태영이의 입 안으로 사라졌다. 양 볼이 볼록해진 채로 히죽거리던 녀석은 급식실을 후다닥 뛰쳐나가 버렸다.

갑자기 참았던 모든 것이 끓어올랐다. 다른 때와는 다르게 화가 나서 온몸의 신경이 곤두서는 느낌이다. 치즈스틱이 문제가 아니었다. 도대체 언제까지 이 자식을 견뎌야 하는 건지 짜증이 났다. 귀찮아서 봐줬더니 정말 무서워서 그러는 줄 아나. 한 번쯤은 본때를 보여 줄 필요가 있다.

"넌 오늘 죽었어!"

자리에서 벌떡 일어나 뒤를 쫓았다. 급식실에서 나와 유유히 걸어가던 태영이가 뒤쫓아 나온 나를 보더니 '어랍쇼?' 하는 표정으로 달아나기 시작했다. 매번 까딱도 안 하던 내가 쫓아오자 오히려 반가워하는 표정도 보였다.

"한번 잡아 보시지."

우물우물 씹던 치즈스틱을 입을 벌려 확인시켜 주는 여유까지 부리고 있다. 전투력 급상승이다. 저 주둥아리를 다시는 함부로

못 놀리게 혼쭐을 내 줄 테다.

"잡히면 진짜 가만 안 둬!"

긴 복도를 우당탕 뛰어 태영이 뒤를 쫓았다. 여자애들이 우리를 피하느라 혼비백산 흩어졌다. 교실이 있는 2층으로 올라왔다.

"요효~ 눈썹 휘날리는 소리가 들리지 않는다, 제군들! 좀 더 분발해!"

"야! 니들, 주먹 놔두고 말로 해결하고 그러지 마라, 응? 화끈하게 붙어 줘!"

휘파람을 불며 환호하는 남자애들까지 합세해 복도는 금세 아수라장이 되고 말았다.

"나 잡아 봐라~!"

태영이는 본격적으로 약을 올리기 시작했다. 작지만 잽싸기로 소문난 태영이는 잡힐 듯 잡히지 않았다. 저 엉덩이를 뻥 차서 날려 줄 수만 있다면! 부글부글 끓어오르던 화는 임계점에 다다라 폭발하기 직전이었다. 그러다 태영이 바지 사이로 비쭉 내민 팬티를 봤다.

'어, 저건 뭐야!'

어이없게도 얼룩말 무늬 팬티였다. 나더러 유치빤스 입었냐고 놀리더니 지가 입고 있다. 유치빤스.

그때였다.

"컹 크어어허엉 컹!"

익숙한 얼룩말 울음소리가 들려왔다. 고막이 터질 것처럼 요란했다. 울음 소리와 함께 어제처럼 다리가 후끈거리기 시작했다.

드디어 반응이 온 것이다! 지금 내가 어떻게 했지? 이러저러한 생각을 정리할 사이도 없이 내 다리는 태영이를 향해 날아갔다. 그토록 좁혀지지 않던 거리가 한순간에 훅~! 좁혀졌다. 태영이 엉덩이는 곧 내 사정거리 안으로 들어왔고 다리는 망설일 것 없이 붕 떠올랐다. 잠시 후 정확히 태영이 엉덩이 한가운데 내 얼룩말 무늬 양말이 깃발을 꽂았다.

"으아아악, 엄마야!"

달려가던 태영이가 비명을 외치며 그대로 나동그라졌다. 다행히 다친 데는 없었는지 금방 자리에서 일어났다. 잠시 후 태영이 코에서 피가 주르륵 흘렀다. 엉덩이를 찼는데 왜 코피가 터지는지.

"코, 코피. 으허허허엉!"

제 코에서 난 피를 보더니 다리를 뻗고 앉아 애처럼 울음을 터뜨렸다. 저 자식은 뭘 해도 저렇게 저렴해 보이는지 모르겠다. 태영이의 울음소리가 복도에 울려 퍼졌다. 멀리서 담임 선생님이 뛰어왔다. 엉덩이를 받아 버리고도 내 다리는 계속 종종거렸다. 후끈거림은 더 심해졌다. 계단을 날듯이 뛰어넘고 1층으로 내려와 운동장으로 뛰었다. 달릴수록 더 빨라졌다.

"맞다, 양말을 벗어야 해."

기특하게도 어제 양말을 벗자 다리가 멈췄던 것이 기억났다. 운동장 구석에 있는 나무 하나를 간신히 붙잡았다. 다리는 더 동동거렸지만, 안간힘을 써서 간신히 양말을 벗을 수 있었다. 양말을 벗겨내자마자 다리는 곧 얌전해졌다. 귀에서 날뛰어 대던 얼룩말 울음소리도 멈췄다.

헉헉대며, 껍질처럼 벗겨져 뒹굴고 있는 양말을 바라봤다. 모든 것은 좀 더 선명해졌고 동시에 더욱더 불가사의해졌다. 어떻게 이런 일이 일어날 수 있는 거지. 증거물을 회수하듯 양말을 집어 주머니에 넣었다.

교실로 돌아오자 야단법석이었다. 양쪽 코를 휴지로 틀어막은 태영이가 씩씩대며 나를 노려봤다. '봤지? 까불다가는 어떻게 되는지.' 태영이에게 눈으로 말해 주었다. 멍청한 녀석이 그걸 제대로 알아들었는지 모르겠지만.

"운동장과 복도를, 축구공과 엉덩이를 구분하지 못할 나이는 지난 것 같은데!"

담임 선생님은 화가 나서 얼굴이 붉으락푸르락했다.

"듣자 하니 태영이가 먼저 시비를 걸었다지. 하지만 정한결! 친구에게 발길질을 하다니 너답지 않게 이게 무슨 짓이냐! 어떤 경우든 교내 폭력은 용납할 수 없다."

벌점 5점과 두 시간짜리 상담, 열 장의 반성문과 일주일 화장실 청소가 다양하게 구색을 갖춰 벌로 주어졌다. 그 와중에 다행인 것은 태영이에게도 똑같은 벌이 내려졌다는 것이다.

"왜 나까지요. 난 피해자라고요!"

태영이는 제가 한 짓은 까맣게 잊고 엉덩이를 씰룩거렸다가, 코를 싸쥐었다가 하며 분해서 어쩔 줄을 몰랐다.

"얼룩 다리 정한결, 가만두지 않을 거야."

코피가 묻은 화장지를 뽑아내며 태영이가 으르렁거렸다. 다시 한판 붙을 기세로 노려보던 태영이가 물러간 것은, 수하의 등장 때문이었다. 코피를 흘리며 징징거리던 꼴사나운 제 모습을 뒤늦게 깨달았는지 수하를 보자 잽싸게 사라졌다.

"급식시간에 튀어나가는 모습도 말 같았는데 얼룩말 무늬 다리로 태영이를 뻥 찰 때는 진짜 얼룩말 같았다니까?"

수하는 뭐가 재밌는지 계속 킥킥거렸다.

"난 진짜 얼룩말 무늬가 좋아. 하양 깜장 줄무늬를 보고 있으면 기분이 좋아지거든. 서로 정반대 색깔인데 너무 닮았어. 이란성

쌍둥이 같은 느낌이랄까, 혹은 사랑에 빠진 그들? 너무 낭만적이지!"

수하는 내가 유치원 때 얼룩말을 보던 바로 그 눈빛으로 말했다. 나도 유난히 얼룩말 무늬를 좋아했다. 하지만 그건 색깔 중에 힘이 제일 강하게 보이는 검은색과 가장 힘이 약해 보이는 하얀색 사이에서 느껴지는 긴장감 같은 게 좋아서였다. 검은색 악당이랑 하얀색 천사가 전쟁을 벌이고 있는데, 둘이 힘이 똑같아서 휴전 중인 느낌 말이다. 같은 무늬를 보고 이렇게 다른 포인트에서 감동할 수 있다니. 내 공감지수 따윈 무시한 채 수다 삼매경에 빠진 수하를 물리칠 힘도 없었다. 현재로선 피를 본 야수보다 외계어를 무한 남발 중인 지구인을 참아 주는 편이 나았다.

"넌 범생이처럼 굴어서 좀 그랬는데 양말 보고 빵 터졌지 뭐야. 이런 귀욤귀욤을 어디다 숨겨 놓고 이제야 꺼내 놓은 거야?"

수하는 아예 턱을 받치고 내 책상 앞에 앉았다. 귀욤이라니, 신중하지 못했던 좀전의 행동은 나조차도 이해가 안 됐다. 나는 대체로 감정조절을 잘하는 편이다. 엄마가 떠난 후 견딜 수 없는 순간들이 올 때마다 감정의 날을 마모시키려고 애썼다. 덕분에 곧잘 애늙은이라는 소리도 들으며 자랐다. 그런데 오늘 행동은 너무 조잡했다. 태영이가 성의 없이 던진 낚싯줄에 보란 듯이 걸려들다니. 정말, 나답지 않았다. 다시 들려오기 시작한 얼룩말 울음소리 때문에 너무 예민해진 건가.

이것저것 생각하느라 정신이 없는데 수하의 외계어는 더욱더 난이도를 높여가고 있다. 수하가 아니라도 요즘 나는, 우주 공간 어디쯤을 날고 있는 기분이 든다. 우주복 대신 얼룩말 무늬 양말 하나만 달랑 신고 우주 미아로 떠돌고 있는 것 같은, 이 현실감이 전혀 없는 현실이라니.

주머니 속 양말이 계속 꼼지락거린다.

양말의 비밀

다시 얼룩말 무늬 양말을 신는다는 것은 엄두가 나지 않았다. 그렇다고 버릴 수도 없었다. 몇 번이나 가위로 잘라 버릴까 망설였지만 그러지 못했다. 양말에 뭔가 비밀이 있다. 양말을 신으면 어느 순간 뜨거워졌고, 빨라졌다. 하지만 어떤 조건에서 양말이 움직이는지, 어디까지, 어떤 일이 더 벌어지는 건지 알 수 없었다. 아니 그보다 꼬마 말대로 정말 얼룩말 무늬 양말이 나를 부른 건가. 불렀다면 왜, 도대체 무슨 이유로.

발길질 사건 이후 태영이의 심술은 더 부지런하게 얍삽해졌다. 확실히 겁을 먹긴 했지만, 결코 그만둘 생각은 없어 보였다.

"야, 얼룩 다리. 얼룩말은 동물원으로 가야지, 왜 여기 와서 사람인 척해?"

수준은 여전히 그 자리고.

"그러게, 여기 오니 사람인 척하는 원숭이도 있고, 반갑다야."

"누구? 내가 원숭이라는 거야?"

"얼룩말 양말 신었다고 얼룩말이면, 원숭이 후드티 정도면 아주 원숭이 피까지 흐르는 거 아냐?"

태영이는 원숭이가 그려진 후드티를 붙잡고, 얼굴을 붉혔다.

"거봐, 원숭이 똥꾸녕처럼 얼굴도 금방 빨개지잖아."

"내가 기어코 너를 사자 밥으로 던져 버리겠어!"

그러면서도 섣부르게 덤비거나 주먹을 움켜쥐진 않았다. 엉덩이를 한 번 차 주는 거로 나도 그동안의 빚은 갚았다고 생각돼서인지, 귀찮은 것만 빼면 그럭저럭 녀석도 견딜 만해졌다.

"하양 바탕에 검정 줄무늬일까, 검정 바탕에 하양 줄무늬일까?"

감당이 안 되는 건 오히려 수하 쪽이었다. 수하의 얼룩말에 대한 애정은 엉뚱하게 나에 대한 관심으로 이어지고 있었다.

"그런 건 나한테 물어보지 말고 포털 사이트하고 의논해 봐."

서둘러 수하를 쫓아냈다. 멀리서 태영이가 우리 쪽을 힐끔거리는 게 보였다.

종례 시간이었다. 담임 선생님이 좀 흥분된 목소리로 말했다.

"드디어 내일, 우리 반과 1반의 반 대항 축구 시합이 있다. 일찍 가서 푹 자라. 내일 멋지게 골 넣는 녀석은 대놓고 편애해 주겠다."

우리 3반하고 1반은 라이벌이다. 성적도 1, 2등을 다투고 교내 각종 대회에서 치열한 경쟁을 한다. 저번 반 대항 피구 시합에서 우리 반은 1반에 깨박살이 났다. 담임 선생님이 저렇게 흥분한 걸 보니 1반 선생님이 제대로 염장을 지른 게 분명하다. 2연패는 안 될 말이다. 담임 선생님의 비논리적이고 비합리적인 폭정을 고스란히 받아내야 할 것이다.

담임 선생님 말을 듣는 순간, 얼룩말 무늬 양말이 생각났다.

축구 선수는 바람같이 빨라야 한다. 얼룩말 무늬 양말이라면 바람보다 더 빠르게 날게 해 줄 것이다. 호나우두처럼 날쌔게 공을 몰아 슛을 하고 어쩌면 그 공보다 더 빨리 골대에 도착해 기다릴지도 모른다. 그동안 양말이 보여 준 스피드라면 충분히 가능한 일이었다. 1반 아이들 코가 납작해지고 우리 선생님의 입이 크게 벌어지겠지. 태영이도 나에게 시비 걸어올 모든 의욕을 잃을 것이다.

축구시합이 있는 날 아침, 비장한 마음으로 얼룩말 무늬 양말을 꺼냈다. 양말을 신으며 크게 심호흡을 했다.

오늘 양말이 어떤 역할을 해 줄지는 모르겠다. 어떤 순간에 양말이 반응하는지 아직 확실하지 않다. 짐작되는 건 양말이 몸살을 할 때, 두 번 다 내가 뛰고 있었다는 거다. 학원에 늦어 뛰어가고 있었고, 태영이를 쫓고 있었다. 내가 뛰면 양말도 뛰는 것이다. 양말이 반응한다면 게임 오버, 바람 같은 나를 아무도 따라잡지 못할 것이다. 아니면 그만이고.

드디어 체육 시간이 되었다.

"3반 파이팅! 1반을 납작하게 만들어 줘!"

"어림없어, 3반을 우주 밖으로 날려 주겠어!"

월드컵 경기만큼이나 양 팀의 열기는 대단했다. 남자아이들 전부가 선수로 출전하고 여자아이들은 스탠드에서 응원을 했다.

"진 팀은 이긴 팀 선수를 업고 운동장 한 바퀴 돌기다. 모두 최선을 다해 뛰어라."

이긴 팀 선수를 업고 운동장을 도는 것은 상상보다 모욕적인 일이다. 경기에 이긴 아이들은 의기양양하게 올라타 '이랴이랴' 해 가며 온갖 거만을 떨었다. 그렇지 않아도 미친 호르몬이 날뛰고 있는 놈들을 업고 운동장 한 바퀴를 돌고 나면 지구의 자전과 공전이 온몸으로 느껴졌다. 특히 키가 벌써 170이 넘는 1반의 거구 병철이를 업게 되는 날엔 허리 부러질 각오를 해야 한다. 한 점 차이로 피구 경기에 졌던 날, 병철이를 업은 체육부장 승훈이는 3일 동안 허리를 90도로 접고 다녔다.

체육 선생님의 호루라기 소리에 맞춰 경기가 시작되었다. 우리 반 선생님과 1반 선생님도 나란히 스탠드에 앉아 큰 소리로 응원을 했다. 반 자존심이 걸린 만큼 모두 상기된 표정으로 열심히 뛰었다. 나도 부지런히 뛰었다. 하지만 공은 좀처럼 내 앞으로 오지 않았다. 체육부장 승훈이가 주로 공을 잡고 공격을 주도했다. 태영이도 공격수였다.

1반이 먼저 한 골을 넣고 말았다. 1반 응원 팀은 환호성을 지르며 요란을 떨었다.

"평상시에 나대는 것처럼 좀 제대로 해 봐."

우리 반 여자아이들이 눈을 쭉 찢어가며 소리를 질렀다.

전반전 내내 공을 쫓아 뛰며 양말에서 기별이 오기를 기다렸다. 하지만 아무 일도 일어나지 않았다. 1 : 0으로 전반전이 끝났다. 조바심이 났다.

"야, 얼룩 다리! 그 발길질 실력은 어디 가고 빌빌거리고 있어?"

내가 번번이 1반 선수에게 공을 뺏기자 태영이가 다가와 으름장을 놓았다. 할 말이 없었다. 발이 빠른 태영이는 벌써 두 번의 슈팅을 했지만 아쉽게도 불발이었다.

"이 붕신아 제대로 패스를 하란 말이야! 얼룩말이 응원이라도 와야 힘을 쓸 거냐?"

그 순간, 번개같이 스치는 게 있었다. 그걸 왜 놓치고 있었을까. 얼룩말 응원, 맞다 그게 필요하다.

"야, 너 빤쓰 뭐 입었어?"

나는 다짜고짜 태영이의 체육복 바지를 잡아당겼다. 얼룩말 무늬 팬티다! 고마운 자식!

"변태 자식, 뭐 하는 거야!"

태영이는 화들짝 놀라서 체육복 바지를 끌어 올렸다. 동시에 얼룩말 울음소리가 들렸다. 내 생각이 맞았다! 얼룩말 울음소리가 반갑기는 처음이었다. 곧 다리가 후끈거렸다. 날개라도 돋친 듯 다리가 가벼워졌다. 공을 향해 쏜살같이 달려갔다. 태영이가 몰던 공을 잽싸게 패스받아 골대로 뛰었다.

귓가로 슝슝 바람을 가르는 소리가 들렸다. 누구도 내 공을 뺏지 못했다. 그러기에 나는 너무 빨랐다.

힘차게 슛~! 총알처럼 빠른 공이다. 골대가 흔들렸다. 골인이다.

1반 어느 수비수도 내 공을 막지 못했다. 아니, 말릴 필요가 없었다.

잠시 정적이 흘렀다. 환호성이 터진 쪽은 1반이었다.

"와아!"

"저 자식, 왜 저래?"

태영이가 소리쳤다. 우리 반에선 분노에 찬 아이들의 고함이 들려왔다.

"한결이 미친 거 아냐? 애들아, 저 자식 잡아!"

나를 말리려고 뛰어온 것은 우리 반이었다. 물론 아무도 나를 말리지 못했다.

3:1, 세 골을 나 혼자 다 넣었다. 문제는 그중 두 골을 우리 편골대에 넣었다는 거다. 혼자 차고, 패스받아, 골인시킨 그림 같은 자살골이었다. 축구 경기가 끝나고도 운동장을 뛰어대던 내 다리는 양말을 벗고 나서야 멈췄다.

"정한결, 너의 존재감을 오늘 확실하게 각인시켰다, 축하한다."

담임 선생님은 침통한 얼굴로 내 머리통을 마구 쓸어 댔다. 아이들에게도 몰매를 맞을 뻔했다.

"세상에나, 자살골을 두 골씩이나 넣는 사람은 처음 봐!"

여자아이들의 야유가 얼굴에 따갑게 날아와 꽂혔다. 태어나서 지금까지 들어본 욕보다 더 많은 욕을 한꺼번에 배부르게 먹었다.

"야! 니가 병철이 업어!"

태영이가 씩씩대며 나를 노려봤다. 여부가 있을 리 있나. 오늘이야말로 입이 열 개라도 할 말이 없었다. 병철이를 업고 운동장 한 바퀴를 돌고 나니 우주의 모든 기운이 느껴지려고 했다.

"저 새끼 아까 경기 중에 내 빤쓰 까 볼 때부터 알아봤어. 미쳐도 아주 더럽게 미쳤어."

위아래로 고루고루 훑어봐 주시는 태영이 앞에서 90도로 접힌 허리로 겸손하게 하루를 보내야 했다.

집으로 돌아왔다. 다시 책상 위에 얼룩말 무늬 양말을 올려놨다. 이 뻔뻔한 양말은 아무것도 모른다는 듯 시치미를 뚝 떼고 있다.

마음을 차분하게 가라앉히고 생각을 정리하기 시작했다.

꼬마가 양말을 나에게 팔았다. 나에게서 들리는 얼룩말 울음소리를 듣고 따라가고 싶다고 했다. 얼룩말 무늬 양말을 신고 뛰다가 얼룩말 무늬를 보면 양말이 요동을 친다. 뜨거워졌고 빨라졌다.

무슨 말이 하고 싶은 걸까. 내가 아니라 얼룩말에게 하고 싶은 말이 있는 게 아닐까. 평소에는 가만히 있다가 얼룩말 무늬를 보고 안달을 하는 걸 보면 용건이 있는 쪽은 내가 아니라 얼룩말인 건지도 모른다. 나에게 온 것도 얼룩말 울음소리를 듣고서 온 것이니 굉장히 설득력이 있는 추론이다. 그렇다면 양말은 얼룩말에게 데려다 달라고 떼를 쓰는 건가?

얼룩말이 있는 곳, 동물원이다.

생각이 동물원에 미치는 순간, 가슴이 서늘해졌다.

'배고픈 다리 동물원' 폐쇄 임박, 갈 곳 없는 동물들

○○산이 원자력 발전소 건설 부지로 선정된 가운데 ○○산 속에 있는 배고픈 다리 동물원의 폐쇄가 임박했다. 하지만 새로운 보금자리를 찾지 못한 동물 몇 마리가 아직 동물원 안에 남아 있어 시급한 조치가 필요하다.

작년, 동물원 폐장이 결정되면서 건강하고 인기 있는 호랑이나 코끼리, 기린 같은 동물들은 다른 동물원으로 입양되어 떠나고, 현재 동물원에 남아 있는 동물은 몇 되지 않는다.

남은 동물들은 다리에 줄무늬가 없는 돌연변이 얼룩말이나 늙은 사자, 깃털 빠진 공작새 등 온전하지 못한 동물들이어서 입양해 가겠다는 동물원이 나타나지 않고 있다. 관리원들도 떠나 사육사 한 명이 동물들을 혼자 돌보고 있다.

이 기사를 읽었던 밤부터 잊고 있었던 얼룩말 울음소리를 다시 들었다. 그 뒤로 몇 번이나 동물원에 갈까 망설이다 결국 가지 못했다.

양말이 가자고 한다. 그곳에 있는 얼룩말에게 가고 싶은 건가.

배고픈 다리 동물원. 절대 가고 싶지 않은 그곳.

얼룩말 우리, 그리고… 엄마.

배고픈 다리 동물원

"이름이 정말 예쁘지 않니?"

엄마는 배고픈 다리 동물원을 좋아했다. 엄마가 특별히 동물을 좋아한 것은 아니었다. 동물을 좋아한 건 나였고, 엄마는 동물원의 이름을 더 좋아했다. 가까이 있는 다른 동물원을 두고 멀리 배고픈 다리 동물원까지 버스를 타고 간 가장 큰 이유는 이름이 예뻐서였다.

유치원에 가기 싫어서 떼를 쓰면, 엄마는 나를 데리고 동물원 나들이에 나섰다. 그래서 나는 자주 유치원이 가기 싫어졌고, 그러면 기다렸다는 듯 엄마는 김밥을 말아 내 손을 잡고 동물원행 버스에 몸을 싣곤 했다.

"그런데 어떻게 다리가 배가 고파요?"

"호호, 한결아. 다리가 배고픈 게 아니고 말이야."

동물원으로 향하는 버스 안에서 엄마와 나는 늘 동물원에 대한 이야기를 나누었다. 몇 번이나 똑같은 걸 물었지만 엄마는 매번 처음 하는 이야기처럼 진지하게 답해 주었다.

배고픈 다리 동물원은 산으로 둘러싸여 있고, 그 사이로 큰 하천이 흐르고 있다. 그리고 하천에는 산으로부터 이어진 다리가 하나 있는데, 겨울이 되거나 너무 가물어 먹을 게 없어지면 그 다리를 타고 동물들이 산에서 내려왔다고 했다. 배가 고파 민가에 가까이 갔던 동물들은 때론 덫에 걸려 죽고, 번번이 사람들에게 쫓겨났다. 하지만 먹을 것이 없는 산으로도 돌아가지 못한 동물들은 다리 근처에서 뱅뱅 돌았다.

"그래서 그 다리 이름이 배고픈 다리가 되었더래."

"아, 배고픈 동물들이 모여드는 다리라는 뜻이구나."

"어느 날부터인가 마음씨 착한 남자가 배고픈 동물들을 하나둘 거두어들였다는구나. 그러자 배고픈 동물들이 자꾸 모여들었고 나라에서 아예 그곳에 동물 보호소 같은 걸 지어 주었다지."

"그게 지금 배고픈 다리 동물원이 된 거예요?"

"배고픈 다리를 이끌고, 배고픈 다리를 건너온, 배고픈 동물들이 모여 있는 곳이라니. 사연도 이름만큼 아름답지?"

"네, 엄마."

네! 라고 야무지게 대답했지만 사실, 왜 그게 그렇게 아름다운지 어린 나는 완전히 이해하지 못했다. 기억나는 건 그 이름을 들으면 왠지 말짱하던 배가 고파졌다는 거.

버스가 한참을 달린 후, 마침내 배고픈 다리가 보였다. 배고픈 다리는 철로 만든 다리가 아닌 커다란 돌들을 쌓아 만든 돌다리였다. 고인돌같이 크고 넓적한 돌판 밑으로 돌덩이들이 서로 아귀를 맞물고 단단하게 받치고 있다. 콘크리트나 철근 하나 섞이지 않는 자연 그대로의 돌들로 만든 다리였지만 오랜 세월 동안 무시무시한 태풍들을 까딱없이 버텨냈다.

엄마와 나는 버스에서 내려 노래 부르기도 하고, 가위바위보 게임을 하고, 한 번도 성공한 적 없는 물수제비뜨기를 하며 배고픈 다리를 건넜다. 그러다 보니 5분이면 건널 다리를 한참 만에 건너기 일쑤였다.

배고픈 다리 동물원은 나무가 우거진 숲속에 자리 잡고 있다. 편백과 상수리나무와 소나무가 울창한 숲을 지나 걸어가면 도무지 나타날 것 같지 않던 동물원이 마법처럼 나타났다.

커다란 나무를 그대로 주춧돌 삼은 기둥에 달린 나무문 위로 '배고픈 다리 동물원'이라고 쓴 나무 간판이 걸려 있었다. 직접 쓰고

페인트를 칠한 아기자기한 간판이었다. 간판 밑에는 작은 알림판이 붙어 있었다. 다른 동물원처럼 어른은 입장료가 얼마, 아이는 얼마라고 적힌 알림판이 아니었다.

매표소도 따로 없었다. 입구에 사람이 서서 돈을 받았고 아무도 없을 때는 그냥 들어가도 됐다. 주로 아무도 없을 때가 많았다. 보통의 양심적인 사람들은 입장료 받을 직원을 찾다가 들어가지 못하는 일도 종종 있었다. 그러다 언제부터인가는 누군가 가져다 놓은 바구니에 돈을 넣고 들어갔다.

"오늘 또 오셨네요."

배고픈 동물들을 거두었던 마음씨 착한 남자일지도 모를 사람이 입구에 서 있을 때도 있었다. 남자는 엄마와 나를 알아보고 인사를 건넸다. 바구니가 생긴 뒤로, 남자는 서 있으면서도 입장료를 받지 않았다. 바구니에 돈을 넣지 않고 그냥 들어가도 잡지 않았다.

"네! 얼룩말 보러 왔어요."

우리를 알아봐 주다니 왠지 우쭐해진 나는 씩씩하게 대답했다.

"그래, 아침부터 얼룩말 기분이 좋아 보이더니 네가 올 걸 알고 그랬나 보구나."

"엄마, 얼른 얼룩말 보러 가요."

나는 얼룩말을 가장 좋아했다. 입구에서부터 빨리 얼룩말을 보러 가자고 늘 안달이었다. 마음이 급해도 얼룩말 우리를 찾아가는 길에 만나는 곰이랑 너구리랑 공작새 같은 동물들도 그냥 지나치지 않고 인사를 했다.

"엄마, 여기 동물들은 하나도 배가 안 고파 보여요."

배고픈 다리 동물원에 처음 오는 사람들은 세 번 놀라게 된다고 했다.

첫 번째는 돈 받는 사람이 없는 입구에서 놀라고, 두 번째는 허술한 입구와는 다르게 동물원 안이 의외로 넓어서 놀란다고 했다. 배고픈 다리 동물원은 동물 사육장이 넓었고, 사육장 사이의 간격도 컸다. 사육장 바닥은 모두 흙과 풀이 있는 자연 상태였다. 시멘트가 발라져 있는 바닥은 어디에도 없었다. 마지막으로, 동물들이 생기가 있어 놀라게 된다고 했다. 다른 동물원의 동물들을 보면 늘 졸거나 누워 있는 경우가 많다. 하지만 배고픈 다리 동물원은 이름과는 다르게 모두 배부르고 행복해 보였다. 활력이 넘치는 동물들이 껑중껑중 사람들에게 달려왔다.

얼룩말 우리도 마찬가지였다. 넓은 풀밭에 얼룩말, 조랑말, 노루, 고라니, 사슴들이 함께 뛰어다녔다.

원래 배고픈 다리 동물원에 얼룩말은 없었다. 산에서 내려온 동물들로 주로 이루어진 동물원이어서 사자나 코끼리, 공작새 같은 동물들이 있을 리 없었다. 이 동물들은 다른 도시에 있던 동물원에 불이 나면서 이곳으로 이주해 왔다고 한다. 얼룩말도 그 틈에 왔다.

멋진 줄무늬를 뽐내며 달리는 얼룩말을 보는 건 정말 신났다. 나도 저 우리 안에 들어가 함께 뛰고 싶다는 생각에 제자리에서 폴짝폴짝 뛰어대곤 했다. 얼룩말이 뛸 때마다 움직이는 무늬를 보면 만지고 싶어서 손이 간질거리기도 했다.

"한결이는 왜 그렇게 얼룩말을 좋아해?"

"얼룩말은 멋진 옷을 입었잖아요. 힘센 아이랑 힘 약한 아이랑 나란히 나란히 줄 서 있는 옷요!"

"힘센 아이랑 힘 약한 아이?"

"검정은 힘이 세고, 하양은 힘이 약해요."

"부럽구나. 그렇게 서로 다른데 사이가 좋은가 보네."

작은 목소리로 중얼거리던 엄마 얼굴에 쓸쓸한 미소가 스쳤다.

60

"아니요. 약한 하양이 검정한테 덤비는 중이에요. 나란히 나란히 서서요."

"하양이 계속 잘 버텨야 할 텐데."

엄마의 미소는 슬퍼 보였다.

어렸을 때지만 그즈음 엄마 아빠가 자주 싸웠다는 걸 기억한다. 아니, 싸웠다는 표현은 맞지 않을 수도 있다. 아빠와는 애초에 싸움이 될 수 없었다. 말이 없는 아빠와 등 뒤에서 혼자 말하며 울고 웃던 엄마를 여러 번 보았다. 팝콘처럼 까르르 웃고, 나비처럼 팔랑팔랑던 엄마 목소리에 메아리로 답해 주는 법을 아빠는 모르는 것 같았다.

아빠와 엄마는 검정과 하양처럼 나란하지 않았다.

"이제 집으로 가자."

집으로 돌아가야 할 시간이 되면 엄마의 목소리는 조금 더 가라앉았다. 그러면 나는 엄마 손을 더 꽉 잡고 걸었다. 최대한 나란히 나란히 발을 맞추려고 부지런히 걸었다. 엄마가 나란 나란한 줄에서 떠나 버릴지도 모른다는 생각을 나도 모르게 했던 걸까? 아빠 대신 나라도 엄마와 나란하게 있어야 슬퍼하지 않을 거라 생각했는지도 모르겠다.

나란히 나란히, 하지만 절대 사이좋게 아닌, 휴전 중인 검정과 하양.

그중 한 색깔이 떠나 버릴 줄, 그때는 몰랐다.

얼룩말을 찾아서

망설이다가 결국 동물원을 찾아 나섰다. 이런 상태로는 양말을 버릴 수도, 그렇다고 찜찜한 기분으로 계속 가지고 있을 수도 없다. 어떻게든 결판을 지어야 했다.

지금 가면 동물원 폐장 시간 안에 도착할 수 있을 것이다. 설마, 벌써 동물원을 폐쇄해 버린 건 아니겠지. 후속 기사가 없는 걸 보면 동물원은 거기 그대로 있을 것이다.

동물원 가는 버스에 몸을 실었다. 너무 오랜만이었다. 엄마와 마지막으로 동물원에 갔던 그날 이후 처음이다. 엄마와 버스에서 나누었던 이야기들이 새록새록 떠올랐다. 코끝이 시큰해져서 몇 번이나 킁킁거렸다.

배고픈 다리는 여전히 그대로였다. 내가 오지 않은 동안 수십 번의 태풍과 벼락과 눈과 비를 견뎌내며 다리는 변함없이 그 자리를 지키고 있다. 달라진 건 이 다리를 건너는 사람들과 다리 주위의 풍경들이다.

원자력 발전소가 들어선다는 이곳. 위치가 워낙 외져서 원래부터 관람객이 적은 동물원이었는데 동네에 아이들이 적어지면서 더욱 인적이 뜸해졌다. 그러다 원자력 발전소 건설 계획이 발표되자 결국 폐장이 결정된 거라고 했다.

엄마가 그렇게 좋아하던 '배고픈 다리 동물원'이라는 예쁜 이름 대신 '원자력 발전소'라는 이름의 건물이 들어서게 된다고 생각하니, 너무 안타까웠다. 엄마와 나의 추억이 몽땅 사라지는 것 같다.

다리를 건너며 엄마와 함께 불렀던 노래들을 조그맣게 콧노래로 부르고, 작은 돌멩이를 주워 물수제비를 떴다.

어릴 적엔 조그맣게 포물선을 그리며 눈앞에 떨어지던 돌멩이가 경쾌한 소리를 내며 날아갔다.

"통, 통, 통."

성공이다. 어디선가 엄마가 손뼉을 치지 않을까 나도 모르게 두리번거렸다.

나무들은 그때보다 더 울창해졌다. 이런 곳에 동물원이 있다고 아무도 생각하지 못할 것이다. 기억을 더듬어 나무들 사이를 헤치

고 걸어갔다. 마침내 배고픈 다리 동물원의 낯익은 나무 간판이
보이자 가슴이 뛰기 시작했다. 입구에 있는 나무들에 가려 간판의
가장자리 부분만 간신히 보였다.

안내판도 그대로였다.

그때처럼 입구에는 사람이 보이지 않았다.

안내판 밑에 놓인 파란색 바구니를 보고는 눈물이 날 뻔했다. 그
바구니가 그대로 있을 줄은 몰랐다. 바구니 안은 비어 있었다. 폐
쇄를 앞둔 동물원에 오는 사람은 드물 것이다. 주머니를 뒤져 잡
히는 대로 바구니에 돈을 넣었다.

천천히 동물원 안으로 걸어 들어갔다. 한발 한발 걸음을 뗄 때
마다 어린 시절의 나로 돌아가는 기분이었다. 내 손을 잡아 주었
던 엄마의 온기를 떠올리며, 그 천진했던 기쁨을 느끼려 애쓰며
걸었다.

곰과 너구리와 공작새 우리를 지났다. 공작새 우리를 제외한 사
육장이 비어 있었다. 공작새가 깃털이 빠졌다고 하더니 정말로 그

화려한 깃털이 남김없이 빠지고 없었다.

"넌 어쩌다가 그 꼴이 된 거야?"

모두 떠난 빈 새장을 지키는 공작새 앞에서 한동안 걸음을 떼지 못했다. 한때는 동물들 소리와 아이들의 웃음소리가 흥겨웠던 곳인데, 동물들이 뿔뿔이 흩어지고 비어 버린 동물원은 을씨년스럽고 적막했다.

자, 이제 정말로 얼룩말을 만나야 할 시간이다. 어릴 적 추억에서 빠져나와 뛰기 시작했다.

"컹 크허허어어엉."

아직 얼룩말을 보지 못했는데 귀에서 얼룩말 울음소리가 들렸다. 드디어 와야 할 곳에 왔다는 듯, 다리가 날듯이 뛰었다. 이제 다리에 내 몸을 맡기는 건 익숙해졌다.

멀리 얼룩말 우리가 보였다. 낡은 표지판이 얼룩말 우리를 가리키고 있었다. 순식간에 우리 앞에 도착한 다리는 잠시도 망설이지 않고 얼룩말 우리 담장을 넘어 안으로 뛰어들어갔다. 예전엔 사슴과 고라니와 노루, 그리고 다른 얼룩말들이 함께 뛰던 넓은 풀밭에 얼룩말이 혼자 있었다.

내가 뛰어들어가자 얼룩말이 놀라서 앞발을 들고 히히힝거리더니 뛰기 시작했다.

"컹 크허허어어어엉 컹 컹."

너무나, 너무나 익숙한 얼룩말 울음소리가 귓가에서 펄떡펄떡 뛰었다.

"너였어? 네가 부른 거야?"

얼룩말은 경계하는 건지, 같이 놀자는 건지, 다가가면 저만치 멀어졌다가 뛰어서 다가서면 꼭 그만큼 달아났다.

"제발 기다려."

얼룩말은 계속 달리고, 멈췄다가, 다시 달리기를 반복했다. 양 말은 계속 후끈거렸고 얼룩말 쫓는 것을 멈추지 않는 걸 보면 제대로 찾아온 게 분명했다.

"왜 여기까지 날 불렀어! 내가 뭘 어떻게 해 줘야 하는 거야!"

얼룩말은 계속 뛰기만 했다. 정말이지 어쩌자고 여기에 와서 얼룩말 꽁무니를 쫓아다니며 뛰고 있는 건지 나도 모를 일이다.

한참을 뛰어도 얼룩말이 멈추지 않자 그 자리에 주저앉아 버렸다. 턱까지 차올랐던 숨을 고르며 기다렸다. 얼룩말이 불렀든, 양말이 불렀든 나에게 정말로 볼일이 있다면 여기까지는 내가 왔으니 이제 네가 다가와.

내 생각을 읽기라도 했을까? 저만치 뛰어가던 얼룩말이 돌아왔다. 주위를 빙글빙글 돌며 눈치를 살피는 듯했다. 본체만체 딴청을 피웠다.

드디어, 얼룩말이 가까이 다가왔다.

"왜 혼자 왔어?"

귀를 의심했다. 지, 지금 얼룩말이 말을 하는 거야?

"뭐…라고?"

"너 늘 엄마랑 같이 왔잖아. 통 안 오더니 왜 오늘은 혼자 왔냐
고."

분명 얼룩말이 하는 말이었다. 가르릉가르릉, 꼭 양치 가글을
하면서 말하는 것 같은 목소리가 얼룩말 입 사이에서 흘러나왔다.
게다가 나를, 기억하고 있다. 엄마와 함께 있던 나를.

"날 알아?"

"그럼. 그렇게 자주 왔는데 어떻게 몰라."

"정말로 네가 날 부른 거야? 왜 부른 건데?"

"내 다리 무늬를 돌려줘."

다리 무늬라고? 그러고 보니 얼룩말이 좀 이상했다. 몸은 얼룩
말인데 다리에 줄무늬가 없었다. 민무늬 다리로 서 있는 얼룩말은
우스웠다.

"네 무늬를 왜 나한테 달래?"

"네가 갖고 있잖아."

얼룩말이 민무늬 앞발을 들어 내 양말을 가리켰다.

"설마, 이 얼룩말 무늬가 네 거라는 거야?"

얼룩말은 너무나 당연하다는 듯 고개를 끄덕였다.

"어떤 꼬마한테 사탕 한 알 받고 줄무늬를 팔았어. 난 사탕을 한 번도 먹어 본 적이 없었거든."

얼룩말이 애처로운 얼굴로 말했다.

"뭐? 사탕 한 알, 꼬마?"

대번에 누군지 알 수 있었다. 양말을 판 그 꼬맹이. 나에게는 두 알을 받고 팔았는데 무려 두 배 장사를 한 거였군. 그러니까 양말이 얼룩말에게 돌아가려고 그렇게 요동을 쳐댄 거였구나. 이제야 모든 상황이 이해가 됐다. 아무리 그래도 사탕 한 알에 무늬를 팔아버리다니, 아무리 얼룩말이라지만 이렇게 경제관념이 없어서야.

"꼬마한테 팔아 놓고 왜 나한테 달래. 이젠 내 거야."

분명 사탕 두 알에 샀으니, 이제 소유권은 나에게 있다는 걸 한심한 얼룩말에게 일깨워 줬다.

"원래 주인이 아니면 무늬가 몸살을 할 텐데…."

얼룩말이 코를 벌름거리며 말했다.

며칠 동안 나한테 일어났던 일들이 떠올랐다. 유치원 버스를 쫓아가 춘 망측한 춤이나 태영이 엉덩이를 차 버린 게, 다 무늬가 심술을 부린 거였다 이거지. 오늘 축구 시합 때 친구들에게 받은 야유가 떠올라 울컥했다.

"네 무늬는 왜 날 부른 거야? 니들끼리 직접 해결하지."

"그건 네가 알지. 너한테 얼룩말 소리가 들려. 무늬가 그래서 착각을 한 거잖아."

꼬마도 얼룩말도 나에게서 얼룩말 울음소리가 들린다고 한다.

"잘 생각해 봐. 네가 얼룩말 소리를 어떻게 담아 왔는지."

7살, 엄마와 마지막으로 함께 이곳에 왔던 날이 떠올랐다. 그날은 유치원에 가지 않겠다고 떼를 쓰지도 않았는데 엄마가 김밥을 싸서 동물원에 가자고 했다. 마냥 좋았던 나는 동물원 여기저기를 뛰어다니다가 얼룩말 우리 앞에서 밥을 먹었다.

"꼭꼭 씹어 먹어, 우리 아가."

엄마가 7살의 나를 '아가'라고 부르며 얼굴을 쓰다듬어 줄 때 알아챘어야 했다.

"아가, 미안해. 엄마가 좀 멀리 떠나야 해. 기다리지 마. 아주 오래 걸릴 거야."

아니, 엄마가 동물원에 가자고 했을 때 알아챘어야 했다. 엄마가 다른 날과는 다른 얼굴로 김밥을 쌀 때부터 알아챘어야 했다.

"컹 크어어허어엉 컹!"

얼룩말들이 유난히 시끄럽게 울어댔다. 얼룩말 울음소리가 김밥이랑 같이 씹혔다. 나는 꿀꺽 삼키고 물었다.

"몇 밤 자야 오는데? 다섯 밤? 열 밤?"

엄마의 대답은 얼룩말 울음소리에 묻혀 들리지 않았다.

다음 날 새벽, 자는 사이 엄마가 떠났다. '이혼'이라는 말을 이해하기에 나는 너무 어렸다. 기다리지 말라고 했지만 나는 아주 오래 기다렸다. 다섯 밤만 자면 엄마가 오겠지. 열 밤 자고 나면 오겠지. 엄마를 생각하면 얼룩말 울음소리가 들렸다.

아빠가 아줌마를 데리고 집에 오던 날, 이불에 오줌을 쌌다. 창피했고, 두려웠다. 새벽에 일어나 침대 모서리에 앉아 엉엉 울었다. 내 울음소리에 깬 아줌마는 아무 말도 하지 않고 오줌 싼 나를 안아 주더니 목욕을 시키고 옷을 갈아 입혔다. 밤마다 귓바퀴에서 얼룩말이 울어댔다. 그리고 나는 밤마다 이불에다 오줌을 쌌다. 아줌마는 한 번도 야단을 안 쳤다.

"쉿! 비밀이야."

아빠가 알까 봐 조용히, 말없이 새 이불로 갈아 주며 속삭였다.

아줌마가 신데렐라의 계모 같았으면 좋았을 걸 그랬다. 그러면

보란 듯이 미워하거나, 엄마를 마음껏 그리워하거나 그랬을 걸. 아줌마는 미워할 수가 없었다. 절대 나쁘지 않았다. 따뜻하게 말했고, 기분 좋은 웃음소리를 내며 웃었고, 다른 사람들이 곁에 있거나 없거나 똑같이 행동했다.

아니, 아줌마는 나빴다. 점점 엄마를 그리워할 틈을 주지 않았다. 가끔 아줌마를 엄마라고 부를 뻔하게도 했다. 그럴 때마다 참았다. 내가 아줌마를 엄마라고 부르면 진짜 엄마가 싫어할 것이다. 엄마가 영영 돌아오지 않을까 봐 겁이 났다.

"한결이 엄마가 재혼했다네. 올케는 이제 한결이한테만 신경 쓰시게."

'이혼'이 뭔지 몰랐던 것처럼 '재혼'이 뭔지도 이해하고 싶지 않았다. 하지만 고모가 아줌마에게 하는 말을 들은 후 얼룩말 울음소리가 달라졌다. 숨죽인 채 킁킁대며 울었다. 낮게 그러나 날카롭게.

"제발 돌려줘. 친구들은 모두 떠났는데 무늬가 없으니 사람들이 내가 병에 걸린 줄 알고 데려가지 않나 봐. 너한테는 아무 쓸모도 없잖아."

나한테서 들린다는 얼룩말 울음소리에 속아 무늬가 나를 따라

왔다. 그리고 그 무늬를 돌려달라고 이 어리바리한 얼룩말이 애원하고 있다. 며칠 동안 얼마나 애를 먹었는데 얼룩말이나, 양말이나 너희들도 책임을 져야 한다.

"나한테는 뭘 줄 건데?"

"무얼 원하는데?"

얼룩말이 귀를 쫑긋 세웠다. 어느새 주위가 어둑해져 있다.

"데려다줘. 내가 담아온 얼룩말 울음소리를 달랠 수 있는 곳에."

엄마, 엄마.

"한~결 한~결, 정한결 자살 선수 정한결!"

내가 자살골을 넣은 후 태영이는 기세등등해졌다. 노래까지 만들어 부르는 정열을 쏟으며 유치찬란의 결정판을 보여 줬다.

"그만하지. 일부러 그런 거 아니라고 했잖아."

"일부러 그런 게 아니라 계획적으로 그랬다는 거냐!"

태영이는 나를 몰아세우는 일에 심취해 있었다. 미안하지만 그럼에도 불구하고 약이 하나도 안 올랐다. 내 신경은 온통 다른 곳에 가 있었다. 얼마 전 얼룩말을 만난 이후 내내 얼룩말 소리를 기다리고 있는 참이다. 언제든 얼룩말이 나를 부를 수 있게 날마다 얼룩말 무늬 양말을 신고 다녔다.

"야, 너 양말이 그거밖에 없어? 빨기는 하냐? 아예 살가죽에 붙어 버린 거 아니야?"

"너 혹시!"

태영이 엉덩이를 손가락으로 가리켰다. 태영이는 반사적으로 제 엉덩이를 뒤로 하고 손으로 가렸다.

"뭐, 뭐 혹시 뭐!"

"너도 오늘 얼룩말 무늬 팬티 입었냐? 내 양말이 얼룩말 무늬만 보면 걷어차는 습관이 있는데 아까부터 네 엉덩이 볼 때마다 발이 꿈틀거려 죽겠다, 아주."

녀석의 안색이 확 변했다. 그냥 던진 말이었다. 설마 오늘도 태영이가 얼룩말 무늬 팬티를 입고 있으리라고 생각지 않았다.

"이 자식, 어디서 그런 말도 안 되는 구라를!"

그러면서도 뒷걸음을 치더니 순식간에 멀어졌다.

"헐! 진짜 입은 거야?"

요즈음 내 주위에서 일어나는 일들이 미스테리해서 도무지 정신이 없는데 그중에서 가장 미스테리한 건 태영이의 뇌 구조 같다. 치료 약도 없는 불치병을 앓고 있는 우리들이라지만, 태영이의 병증은 누구도 근접할 수 없는 중증의 레벨인 듯하다.

"어맛! 태영이가 얼룩말 무늬 팬티를 입었단 말이야? 꺄아~ 보고 싶은데 까서 보자고 할 수가 없네."

수하가 진심으로 안타까워하며 말했다. 수하 역시 태영이와 근사치의 병증을 앓고 있는 거로 추정된다. '둘이 잘 어울릴 텐데'라는 생각을 하다, 문득 깨달았다. 태영이가 얼룩말 무늬 팬티를 줄곧 입고 다니는 이유. 그러니까 태영이는 얼룩말 무늬를 좋아하는 수하에게 팬티로 남모르는 순정을 표현하고 있었던 셈이다. 쯧쯧, 한심한 녀석.

집으로 돌아가는 길이었다.

"한결아, 같이 가!"

어느 틈에 수하가 쫄랑쫄랑 뒤를 따라붙었다. 나도 모르게 주위를 돌아보았다. 가뜩이나 나 때문에 애쓰고 있는 태영이에게 나를 괴롭혀야 할 또 하나의 이유를 보태 주고 싶진 않다. 이제 남녀가 유별하지 않은 나이를 지난 것이다, 우리는.

수하의 말에 대꾸하지 않고 앞만 보고 걸었다.

"정한결, 내 말 안 들려? 시니컬한 게 네 매력이긴 하지만 남발은 곤란해."

"남발이 아니고 무시야."

"어머, 얘가 막막 도발까지 하네. 너 스카이 영어 학원 다니지? 나 오늘부터 거기 다녀."

나도 모르게 걸음을 멈칫했다. 도발은 이 처자가 하고 있다. 갑자기 왜 우리 학원을.

그때였다. 드디어 얼룩말 울음소리가 들렸다. 동물원을 다녀온 후 며칠 만이었다. 다리가 후끈거렸다. 숨도 가빠 왔다.

"갑자기 왜 그러니? 안색이 안 좋아. 어디 아파?"

수하가 걸음을 멈추고 나를 바라봤다.

"너 먼저 가. 난 갈 데가 있어."

"어디? 지금 학원 가던 길 아니었어? 지금 가야 안 늦어."

다리가 움직이기 시작했다. 어딘가로 나를 데려가는 듯하다. 다리에 몸을 맡기고 따라나섰다.

"도대체 어디 가냐고. 너 지금 완전 이상해. 무슨 일 있는 거야? 괜찮겠어?"

이 와중에 수하의 수다는 계속됐고 나는 마음이 급했다. 수하를 무시하고 부지런히 움직였다. 버스 정류장에서 다리가 멈췄다.

버스 몇 대를 보내고 다시 버스 한 대가 섰다. 멀리 외곽까지 가는 시외버스다. 멈췄던 다리가 움직이며 버스에 탔다. 제일 뒷자리로 가서 자리를 잡고 앉는데 수하가 버스에 올라탔다.

"이 버스가 네 전용 자가용도 아닌데 허락받아야 하는 건 아니지?"

결국, 수하가 따라붙었다.

"너 오늘부터 학원 간다며. 첫날부터 결석할 거야?"

"첫날은 결석이 아니라 미등록이라고 하지. 나야 내일부터 등록하면 되는 거고, 너야말로 무단결석인 것 같은데?"

아무 대답도 하지 않고 창밖으로 눈을 돌렸다. 양말에 온 신경을 집중해야 하는데 정말이지 썩 귀찮게 되고 말았다.

"알겠어. 일탈이라고 포장해 줄게. 그렇게 딱 자르지 마라. 없던 정떨어지겠다, 얘."

수하는 팔짱을 끼고 좌석에 몸을 묻었다. 도착할 때까지 수하의 수다가 잠잠하길 바랄 뿐이다.

창문을 열었다. 9월이라 아직 더웠지만 에어컨을 켜기는 애매해서, 버스 안은 후텁지근했다. 더구나 얼룩말 무늬 양말을 신은 발은 후끈댔고 가슴속에서도 열이 훅훅 올라왔다. 어디로 가는 걸까. 얼룩말 울음소리를 달랠 수 있는 곳. 그곳으로 정말 가는 걸까.

"이렇게 멀리 가는 건 처음이야. 도대체 목적지가 확실히 있긴 한 거야?"

잠잠하길 바란 건 역시 무리였다. 버스가 외곽을 벗어나고도 한참을 더 가자 불안한 듯 수하가 입을 열었다.

"그러니까 뭐하러 따라와."

"네 안색을 보고 말해. 곧 쓰러질 것처럼 하얗다고."

수하가 말을 하는 도중에 갑자기 얼룩말 무늬 양말이 벌떡 일어섰다. 나도 놀랐다. 항상 이렇게 불쑥불쑥, 도무지 배려란 게 없다. 서둘러 하차 벨을 눌렀다. 얼른 내리지 못하자 다리는 동동거렸고, 얼룩말 울음소리는 끊임없이 들려왔다.

버스가 정류장에 멈추고 문이 열림과 동시에 발이 땅에 닿았다.

"이 녀석아! 왜 그렇게 급해. 목숨이 두 개냐!"

기사 아저씨의 고함과 허둥지둥 따라 내리는 수하를 뒤에 두고 다시 서둘러 걸었다.

'개나리 아파트'

얼룩말 무늬 양말이 멈춘 곳은 작고 허름한 아파트 앞이었다. 그 앞에서 발이 땅에 딱 붙었다. 얼룩말 소리도 멈췄다. 여기가 목적지인 모양이다.

"여기가 어디야?"

어느새 따라 내린 수하가 곁에 서며 물었다.

"나도 모르겠어."

"모르다니. 그렇게 정신없이 와놓고 여기가 어딘지 모른다는 거야?"

"정신없이 왔으니 모르지."

"그럼 이제 그만 정신 차리고 여기가 어딘지 봐!"

빽빽거리는 수하를 뒤로하고 개나리 아파트 안으로 들어갔다. 정말 나도 모르겠다. 얼룩말 무늬 양말은 왜 여기에 날 데려온 걸까? 여기서 어떻게 얼룩말 울음소리를 달래라는 거지?

"푸른 하늘 은~하수. 하얀 쪽배에~"

어디선가 노랫소리가 들려왔다. 가슴이 쿵! 하고 내려앉았다. 온몸이 그대로 얼어붙는 듯했다.

"계수 나~무 한~나무~"

엄마가 어렸을 적 불러 주던 자장가였다. 엄마 목소리다. 아무리 시간이 많이 흘렀어도 잊을 리가 없다. 다리가 참을 수 없이 뜨거워졌다. 얼룩말이 귀를 찢을 듯 큰 소리로 울었다.

주위를 둘러봤다. 좀 떨어진 곳에 누군가 유모차를 끌고 오고 있었다.

단발머리를 고무줄로 단정하게 묶고, 헐렁한 면바지 위에 베이지색 블라우스를 입은, 몸이 자그마한 여자. 얼굴이 하얗고 목이 가는, 아마 등에 커다란 점도 하나 있을 여자. 김밥을 잘 말고, 카레랑 도넛도 잘 만들 것 같은, 꼭 안으면 품에서 상쾌한 오이 냄새가 날 것 같은 여자. 아기를 보느라 고개를 숙이고 있었지만 단박에 알 수 있었다.

엄마다. 우리, 엄마.

얼룩말이 엄마에게 데리고 온 것이다.

뜨거운 것이 울컥 올라와서 목을 콱 막아 버렸다. 나도 모르게 얼른 등을 돌렸다. 노랫소리가 점점 가까워졌다. 바로 등 뒤까지 다가왔다.

"어머나, 아기네. 와~ 정말 너무너무 예쁘게 생겼어요."

내가 꼼짝도 못 하고 그 자리에 얼어붙은 사이, 수하가 달려갔다. 뒤를 돌아보지 못했다. 식은땀이 흘렀다.

"고마워요. 학생."

엄마 목소리. 꿈에서도 잊을 수 없었던 엄마 목소리.

"아줌마, 아들이에요, 딸이에요? 꼭 인형 같아요. 어머, 웃는 거 봐, 어쩜 좋아, 너무 귀엽다."

수하의 수다가 실력 발휘를 하는 사이 안간힘을 다해 발을 뗐다. 후들거렸지만 그대로 앞을 보고 계속 걸었다. 뒤통수에 불이 붙는 것처럼 뜨거웠다.

아파트 동 사이 골목으로 재빨리 몸을 숨겼다. 벽에 등을 기대고 섰다. 심장이 계속 쿵쾅댔다. 멈췄던 숨을 몰아쉬었다. 목에 콱 막혔던 것이 한꺼번에 헉헉 쏟아져 나왔다. 그제야, 눈물이 핑 돌았다.

아기…. 엄마가 아기를 낳았다.

기다리지 말라더니, 엄마는 정말 안 올 작정이었나 보다.

"끅끅끅."

꾹꾹 눌러서 납작해진 울음이 목구멍에서 새기 시작했다. 울음을 삼키려고 서둘러 입을 막았다. 7살, 얼룩말 우리 앞에서 김밥과 함께 삼켰던 때처럼 꼴깍꼴깍 죽을힘을 다해 울음을 삼켰다. 너무 꽉 눌러서 입이 아프도록 눌렀다.

"크허어어엉."

결국, 울음이 쏟아졌다. 얼룩말처럼 울었다. 내 귀에서 언제나 실컷 울어대는 얼룩말. 저는 실컷 우는 주제에 내가 울기라도 하면 더 흥분해서 날뛰었다.

그렇게 날뛸 때마다 얼룩말 발굽에 치여서 아팠다. 가슴에 퍼렇게 멍이 들었다. 울음을 꾹 참고 엄마를 기다렸다.

초등학교 입학하던 날도 교문 앞에서 엄마를 기다렸다. 명찰을 가슴에 달고 새 가방을 메고 교문 앞에서 기다렸다. 아빠와 아줌마가 손을 잡고 끌어도 한참을 버텼다. 학교 공개수업, 체육대회, 학예발표회 때 아줌마에게 날짜를 말해 주지 않았다. 미리 알고 물어보면 절대 오지 말라고 했다. 아줌마가 학교에 와 버리면 우리 엄마는 어떡하라고. 혹시나 엄마가 왔는데 아줌마가 곁에 있으면 나에게 오지 못할지도 모른다. 초등학교 졸업식 날에도 제일 늦게까지 강당에 남아 있다가 점심도 못 먹고 집으로 왔다.

그래도 언젠가는, 엄마가 돌아와 얼룩말을 달래 줄 거라고, 기다리지 말라고 한 거지 아주 안 온다는 건 아니었다고 그렇게 말해 주리라 믿었다.

그 믿음이 산산이 조각났다.

"한결아!"

수하 목소리가 들렸다.

"갑자기 어디로 사라져 버린 거야. 정한결!"

울음소리가 들릴까 봐 울음을 멈췄다. 꼼짝도 하지 않고 서 있었다.

잠시 후 수하의 목소리가 그쳤다. 나머지 울음을 꿀꺽 삼켰다. 숨을 멈추고 살며시 머리를 내밀었다. 엄마와 수하가 있는 쪽을 살폈다.

엄마가 고개를 들고 사방을 둘러보고 있었다. 심장이 다시 뛰었다. 움찔했지만 나무 때문에 저쪽에서는 내가 보이지 않는 것 같았다. 엄마 얼굴이 굳어 있다. 그렇게 보고 싶던 엄마였는데 눈물이 자꾸만 뿌옇게 앞을 가렸다. 얼굴이 잘 안 보였다. 눈을 깜짝거리다가 자꾸만 차오르는 눈물 때문에 그냥 눈을 감아 버렸다.

수하에게 메시지를 보내려고 휴대폰을 꺼냈다.

어딨니? 너무 멀리 간 건 아니지? 연락이 안 되는구나.

그 사이 아줌마에게서 메시지가 와 있었다.

힘든 일 있으면 나한테 꼭 말해 주렴.

몇 분 후에 또 하나의 메시지가 찍혀 있다. 아줌마는 나에게 뭔가 일이 생겼다는 걸 눈치챘나 보다. 내가 조금이라도 달라지면 귀신같이 알아챘다.

걱정하지 마세요. 아무 일도 없어요.

자판을 꾹꾹 눌러서 아줌마에게 답장을 보냈다. 그러고 나서 수하에게도 메시지를 보냈다.

아까 내린 버스 정류장 반대편으로 와.

휴대폰을 주머니에 넣고 심호흡을 했다. 아파트 뒤편으로 해서 그곳을 빠져나왔다. 뒤에서 계속 아기 울음소리가 들렸다. 귀를 꼭 막고 뛰었다.

수하는 한참 뒤에 정류장으로 왔다. 평소라면 왜 먼저 갔냐고 폭풍 수다를 떨어댔을 텐데 아무 말도 안 했다. 나를 빤히 바라보기만 했다. 수하의 눈이 빨갰다. 내 눈이 빨간 것도 들킬까 봐 얼른 눈을 피했다.

집으로 돌아가는 버스가 왔다. 우리는 올 때처럼 제일 뒷자리에 나란히 앉았다. 무심결에 창밖으로 눈을 돌렸다가 그대로 몸이 굳어 버렸다.

엄마다! 정류소 근처 키 큰 나무 뒤에 엄마가 서 있었다. 엄마가 울고 있다. 한 손은 유모차를 잡고 한 손은 입을 막고 울고 있다. 눈이 마주쳤다. 순식간에 또다시 흐려졌다. 눈을 깜박였다.

우리 엄마. 그대로다. 눈, 코, 입 다 그대로다. 나는 이렇게 커 버렸는데 엄마는 작아졌고, 야위었지만 예쁘다. 작아지고 야위는 동안 한 번도 나를 찾아오지 않아서 밉다. 그래도 예쁘다. 그래서 밉다. 못 견디게… 그립다.

차가 출발했다. 나도 모르게 창문으로 바짝 다가앉았다. 엄마가 멀어졌다. 유모차에서 손을 놓은 엄마가 다급하게 따라왔다. 몸을 창문 밖으로 내밀었다. 엄마가 손을 흔들었다. 순식간에 작은 점

85

으로 변했다. 끝내 손을 흔들어 주지 못했다. '엄마!' 하고 부르지 못했다. 이젠 저 아기가 부를 이름… 엄마.

수하에게 들킬까 봐 얼른 눈물을 닦았다. 수하에게서 등을 돌린 채 창문에 머리를 박고 꼼짝하지 않았다.

"아까 그 유모차에 있던 아기 이름이…, 한결이라더라. 정한결."

온몸에 전기가 흘렀다.

"아줌마가 또 이런 말을 하더라. 들을래?"

"시, 싫어. 모르는 사람이야."

당황해서 마음에도 없는 말을 내뱉었다. 수하가 입을 닫았다. 제풀에 못 이겨 곧 풀어놓을 줄 알았는데 수하는 입술을 꼭 다물었다. 제 발끝만 바라보고 아무 말도 안 했다. 얼룩말 울음소리 대신 이번엔 아기 울음소리가 귓가에서 쟁쟁거렸다.

"뭐…라고 했는데. 그, 그냥 궁금해서."

두 정거장이나 지나고 결국 내가 물었다. 수하는 나를 보며 빙긋이 웃었다.

"아줌마에게 한 아이가 있었대. 어릴 때 떠나온 후 항상 가슴에만 껴안고 사는 아이래. 너무 보고 싶어서 초등학교 입학식 때, 졸업식 때, 운동회 때, 학예발표회 때 몰래몰래 찾아간 적도 많으셨대."

수하는 담담한 목소리로 엄마가 한 말을 전했다.

"하지만 이젠 아줌마가 돌아갈 수 없는 곳이라고. 다행히 아이 곁에 있는 분이 너무 고우시더래. 그분이 자기보다 그 아이에게 훨씬 더 잘해 주는 것 같아서 그래서 이제 안심이라고…, 그러셨어."

수하가 전하는 엄마의 말을 듣는 동안 결국 눈물을 흘리고 말았다.

"'오래 기다리게 해서 미안해. 한 번도 잊은 적이 없었어. 그럴 자격이 있는지 모르지만 사랑해. 한결아, 미안해. 이 말이 그 아이에게 꼭 전해지면 좋겠구나.' 하시면서 아주 많이 우셨어."

수하 눈에서도 눈물이 글썽였다. 결국, 버스 안이라는 것도 잊고 나는 그만, 엉엉 소리 내어 울고 말았다. 수하가 내 손을 꼭 잡아 주었다.

사탕 두 알

얼룩말 무늬 양말을 빨았다. 비누를 묻혀 조심스럽게 조물조물 손빨래를 했다.

"네가 왜 빨래를 하니?"

퇴근해서 들어오던 아줌마가 화들짝 놀라며 달려왔다.

"내가 해 줄게 이리 줘."

아줌마는 내 얼굴을 살피며 조심스럽게 말했다. 아마도 바쁘게 어제오늘의 필름을 돌려보고 있을 것이다. 이 아이에게 뭔가 잘못한 게 있나? 이 아이가 나한테 뭔가 서운한 게 있나? 묻고 있을 것이다. 내가 늘 그런 것처럼.

"괜찮아요. 양말 하나쯤은 제가 빨아도 돼요."

활짝 웃어 보였다. '걱정하지 마세요. 아줌마가 잘못한 건 하나도 없어요.'라는 메시지를 서툴게 전달하는 중이다.

"요즘 매일 그 양말만 신는구나. 얼룩말 무늬가 그렇게 좋아? 티셔츠도 하나 사 줄까?"

빨고 있던 양말을 보고 아줌마가 말했다.

"좀 특별한 양말이거든요. 티셔츠는 참아 주시는 거로. 이제 이 양말도 그만 신을 거예요."

싹싹하게 대답하자 아줌마는 어리둥절해 하다가 곧 나를 따라 활짝 웃었다. 입가에 주름이 잡힌다. 눈에도 다크써클이 있다. 피곤해 보인다.

처음 우리 집에 왔던 날, 아줌마는 참 예뻤다. 하얗고 동그란 얼굴에 올림머리를 한 아줌마의 치맛자락에서는 은은한 향수 냄새가 났다. 가느다란 팔뚝을 보며 무거운 물건을 들면 부러지겠다 생각했는데, 그날 밤 오줌 싼 나를 달싹 들어 안는 걸 보고 깜짝 놀랐던 기억이 난다.

"엄마가 젊고 예뻐서 참 좋겠다. 누가 보면 새엄마인 줄 오해하겠다."

상대방은 칭찬이라고 늘어놓는 말이었겠지만 그런 말을 들으면 나는 아줌마에게서 두 걸음, 후다닥 떨어졌다. 그건 누가 보기에도 진짜 엄마처럼 보인다는 말과 같은 말이기 때문이다.

한 발자국 가까이 다가서다가 두 걸음 물러날 일은 하루에도 몇 번씩 있었고, 아빠가 거기에 보태기라도 하면 뒤로 돌아 뛰어서 멀어지기도 했다.

"배고파요."

"그, 그래. 내 정신 좀 봐. 저녁 준비해야지."

내 말에 아줌마는 다급히 부엌으로 달려갔다. 배고프다는 말에 옷도 갈아입지 않고 그대로 부엌으로 달려가는 아줌마. 그러고 보니 뒷모습이 엄마랑 닮았다. 작고 여위었다. 엄마처럼 아줌마도 파마를 안 했다. 그냥 고무줄로 질끈 묶은 생머리. 어릴 적에 엄마 흉내 내는 아줌마가 미워서 만들어 준 김밥이랑 카레랑 도넛을 안 먹는다고 했다. 싫어한다고 했다. 실은 참 맛있었는데.

늘 나를 먼저 살피는 아줌마. 아빠는 재혼이고 아줌마는 초혼이 었는데 나 때문에 동생을 낳지 않는다는 아줌마. 그러니까 한 번도 아기를 가져 보지 않은 아줌마.

그때가 언제였을까. 모처럼 세 식구가 외식을 하던 중이었다. 꽤 인기 있는 연속극이었는지 식당 아줌마는 서빙하는 내내 목을 빼며 힐끔거렸다.

"여자로 태어나 한 번도 자기 아기를 품어 보지 않은 설움을 아 세요?"

90

여주인공의 대사가 식당 안을 무차별적으로 날아 우리가 앉은 식탁 위에 둥둥 떠다녔다. 연속극의 제목이 뭐였는지 여주인공이 누구였는지는 잊어버렸는데 그 대사는 단어 하나, 조사 하나까지, 여배우가 내뱉던 호흡조차 잊어버리지 않고 똑똑히 기억한다.

"아이고 써글. 전처 자식 잘 키운다고 제 새끼는 낳지 않은 여자가 요새 세상에 어딨누. 쯧쯧쯧."

연속극에 몰입된 식당 아줌마는 내내 쯧쯧거리며 혀를 찼다. 누가 먼저라고 할 것도 없이 셋의 젓가락질이 동시에 느려지다가 조용히 멈췄다.

어색하고 급하게 마무리되었던 그날의 저녁 식사.

'누가 그러라고 했나?'

아무리 억지를 부려도 고마운 건 알아야 했다. 이제야 그게 보였다. 솔직히 말하면 일부러 보지 않았다고 해야 맞다. 새삼스러운 미안함이 밀려왔다.

"엄, 엄마."

저녁 준비를 하던 아줌마가 그대로 동작을 멈췄다. 흐르던 물이, 육수를 내느라 끓어오르던 물이, 가스 불이, 째깍거리던 시곗바늘이 멈췄다.

"시금치 된장국 먹고 싶어요, 엄마."

아줌마의 어깨가 가늘게 떨렸다. 서서히 몸을 돌려 나를 바라보는 아줌마 눈가에 눈물이 맺혔다. 엄마들을 울리는 건 쉬운 일이구나. 두 엄마가 모두 내 앞에서 눈물을 흘린다.

"그래, 그러자, 아들."

가슴이 뭉클해졌다. 이런 기분이었구나.

엄마에게서 듣는 '아들'이라는 소리.

'저, 아들 있잖아요. 한 명이면 충분해요.'

언젠가 아줌마가 고모에게 말하면서 나를 향해 지칭했던 '아들'이라는 소리 이후, 아줌마가 나를 아들이라고 부르는 건 처음이다. 내가 아줌마를 엄마라고 부르지 않자 아줌마도 나를 아들이라고 부르지 못했다.

나는 하지 않았고, 아줌마는 못했다.

내 눈에도 눈물이 맺혔다. 쉬웠구나, 이렇게 쉬웠구나. 엄마라고 부르는 거, 아들이 되는 거. 이렇게 쉬운 걸 그동안 왜 그렇게 끙끙거렸을까.

언젠가는 꼭 엉덩이를 맞아야지. 그런 생각을 하며 웃었다. 아줌마도, 아니 엄마도 나를 보고 웃었다.

"아빠가 늦으시려나? 배고프면 먼저 먹을래?"

"아니요. 기다렸다가 같이 먹을게요, 엄마."

아빠가 엄마에게 엉덩이 맞는 나를 뒤로 숨기고 편을 들어 준다면 더, 좋겠다.

"얼룩 다리 정한결. 고린내 진동하던 양말 오늘은 빨았냐?"

태영이는 오늘도 나쁜 머리를 짜내 내 분노 게이지를 올리려고 애를 썼지만, 나는 까딱없었고 오히려 그런 태영이가 귀여워 보이기까지 했다.

"응, 내가 직접 빨았어. 오늘은 당근 양말이야. 어때 색깔 죽이지."

주황색 양말이 신겨진 발을 태영이 얼굴 앞으로 주욱 들이밀었다.

"당, 당근 다리 치우지 못해?"

싱글거리며 상냥하게 말하자 태영이는 좀 당황한 듯했다.

"김태영, 너 양말 색이 너무 구린 거 아냐? 나한테 무지개색 양말도 있는데 빌려줄까?"

까만 태영이 양말을 들여다보며 말했다. 닭살이 돋으려고 했지만 내친김에 윙크까지 날려 주었다. 눈썹을 위아래로 움직이는 몸개그도 잊지 않았다.

"저 자식, 대체 오늘 뭘 먹고 온 거야."

나는 진저리 치는 태영이에게 다가가 어깨에 손을 올리고 속삭여 주었다.

"요 앞 스카이 영어 학원 있지? 화수금, 6시부터 8시 타임. 자리 하나 났다더라. 얼른 수강 신청해. 수하가 그 클래스에 다닌다지."

내 말에 태영이는 웃지도 못하고 울지도 못하는 묘한 얼굴을 한 채 머리를 긁적이며 자리로 돌아갔다.

수하는 그날 이후 엄마라도 되는 듯 굴었다.

"네가 내 모성본능을 자극하고 말았지 뭐야. 하마터면 네가 남자로 보일 뻔했는데 그렇게 우는 걸 보니 이 자식 잘 키워야지. 하는 양육의 의지가 샘솟더라고."

수하가 내 귀에 속삭이고는 깔깔대며 웃었다. 이제 엄마가 셋이 되는 건가! 부디 태영이가 분발하여 수하의 모성애를 거두어 가 주길.

잘 마른 얼룩말 무늬 양말을 들고 다시 배고픈 다리 동물원으로 향했다. 오늘은 매표소 밖에 노인 한 분이 나와 앉아 있었다. 머리가 하얗고 몸집이 작은 노인은 낡은 작업복을 입고, 발에는 고무장화를 신고 있었다. 하지만 한눈에 알아볼 수 있었다. 예전에 가끔 입구에 서 있던 남자. 그때는 희끗거리던 머리가 이제는 구름같이 하얀 백발이 되어 있었다. 그래도 얼굴에 주름은 별로

지지 않아서 머리만 까맣게 염색을 한다면 그때와 별로 달라 보일 것 같지 않았다.

"혼자 왔니? 엄마는 잘 계시지?"

"네. 잘 계세요."

날 알아볼 줄 알았다.

"오늘도 얼룩말 보러 왔느냐? 그리고 보니 널 만나려고 아직 떠나지 않은 게로구나 그 녀석도."

"그런가 봐요."

"그냥 들어가거라."

"입장료 안 받으세요?"

"몇 마리 남지도 않은 동물들 보여주고 뭔 돈을 받아. 가서 녀석들 심심치 않게 얘기나 좀 나누다 오거라."

그러다 노인은 순식간에 눈앞에서 사라졌다. 잠시 후 나타난 노인의 손에는 다람쥐가 한 마리 잡혀 있었다. 어찌나 빠른지, 공간 이동이라도 하는 것 같다.

"네 이 녀석, 네가 범인인 줄 알았다. 이 녀석아 동물원에 도토리나 상수리가 널렸는데 어째서 번번이 내 땅콩을 훔쳐 가느냐 말이다."

노인은 다람쥐를 손바닥에 놓고 사람에게 하듯 꾸중을 했다. 그러고 보니 다람쥐 양 볼은 볼록했고 아직도 앞발에 땅콩 하나를 움켜쥐고 있었다. 말은 그렇게 하면서도 노인은 다람쥐의 등이며 꼬리를 쓰다듬어 주고는 근처 나무 위에 올려놓았다. 다람쥐는 쏜살같이 달아났다.

"뭘 하고 거기 섰느냐? 어서 들어가지 않고."

"아, 네네. 감사합니다."

절을 꾸벅하고 돌아섰다.

"아 참, 혹시 동물들 앞에서 얼쩡대는 꼬마 녀석 보거든 나한테 꼭 일러다오."

할아버지가 누구를 말하는지 물론 쉽게 짐작이 갔다. 동물을 상대로 불법거래를 일삼는 악덕 브로커를 말하는 거다. 무려 여섯 살짜리.

얼룩말 우리 앞에 도착했다. 얼룩말은 한가롭게 풀을 뜯고 있었다.

"얼룩말아, 나 왔어."

내가 소리치자 얼룩말이 다가왔다.

"히이잉, 킁, 킁, 푸르르, 킁!"

"뭐라는 거야? 전처럼 말로 해."

앞발을 들고 뭐라고 하는 것 같았지만 예전처럼 알아들을 수가 없었다.

엄마를 만나고 돌아온 후, 귓속에서 울어대던 얼룩말 울음소리가 사라졌다. 그래서인 걸까. 이제 마법은 끝난 건가?

"흠, 어떻게 해야 너에게 무늬를 돌려줄 수 있는 거지?"

우리 사이로 손을 넣어 얼룩말을 쓰다듬었다. 주머니에서 얼룩말 무늬 양말을 꺼냈다. 어떻게 돌려줘야 할지, 어떤 방법이 맞는 건지 나로서는 알 수가 없었다.

역순으로 찬찬히 생각해 봤다. 처음으로 돌아가 되짚어보면 나에게 얼룩말 무늬가 온 건 양말에 담겨서였다. 그렇다면 나에게 왔던 모습대로 돌려주는 게 맞을 것 같다.

양말을 얼룩말 우리에 걸었다.

"고마웠다."

더는 아무 말도 필요하지 않았다. 마지막 눈인사를 나누고 뒤돌아 걸었다.

그 후로 사탕 두 알을 주머니에 넣고 다니는 습관이 생겼다. 언제 어느 모퉁이에서 다시 꼬마를 만난다면 머리통에 꿀밤 한 대 놔주고 꼬마 손에 두 알의 사탕을 쥐여 줄 수 있지 않을까, 그런 생각을 하며.

배고픈 다리 동물원 얼룩말의 기이한 현상

폐쇄를 앞두고 전염병이 의심되어 입양이 되지 않던 얼룩말에 최근 다시 기이한 일이 일어났다.

배고픈 다리 동물원의 얼룩말은 원래 전혀 이상이 발견되지 않던 평범하고 건강한 얼룩말이었다. 그런데 어느 날 얼룩말 다리에서 줄무늬가 사라져 동물원이 발칵 뒤집힌 사건이 발생했다. 몸통의 무늬는 그대로 있는데 다리의 무늬들만 감쪽같이 사라진 것이다. 동물원 측은 얼룩말이 어떤 병에 걸린 건지 알아보려 애썼지만 끝내 원인을 발견하지 못했다. 때문에 다른 동물들이 입양을 갈 때 얼룩말의 입양은 거부되어 왔다.

그런데 최근 다시 얼룩말 다리의 무늬가 돌아왔다.

사육사는 물론 동물학자들도 원인을 알 수 없는 일이라며 난감해하고 있다. 무늬는 정상적으로 돌아 왔지만 아직도 없어졌다 다시 생긴 이유는 밝혀지지 않아 얼룩말의 입양은 여전히 불투명한 상태다.

인터넷 포털사이트에 올라온 작은 기사를 읽으며 나는 미소를
지었다.

"자식, 성공했구나."

노래 부르는
양말

소파에서 뒹굴뒹굴하다 거실 바닥에 구르고 있는 신문지를 집
어 들었다. 뭔가를 포장하는데 썼던 신문지였는지 구깃구깃해져
서 달랑 한 장만 있었다. 아무 생각 없이 신문에 있는 기사를 읽어
내려갔다.

배고픈 다리 동물원의 침입자

원자력 발전소 건설로 인해 폐쇄를 앞둔 배고픈 다리 동물원에서
최근 이상한 일이 발생하고 있다.
다리에 무늬가 없어 전염병이 의심되었던 얼룩말의 무늬가 다시
생겨나는가 하면, 나이가 많아 입양되지 않았던 수사자의 갈기가
없어지는 일도 발생했다.
관리인 김 씨는 "얼마 전까지는 멀쩡했는데 어느 날 보니 갈기가
이렇게 사라지고 없습니다. 아무래도 누군가 잘라간 것 같은데,
잡을 수가 있어야지요. 여기 남은 동물들을 저 혼자 돌보고 있으
니 아무래도 역부족입니다."라며 걱정하고 있다.

엎친 데 덮친 격으로 며칠 전에는 공작새의 깃털이 몽땅 사라지는 일도 발생했다고 한다.

동물원이 처음 개장할 때부터 근무해 온 사육사 김 씨는 현재 동물원에 유일하게 남아 있는 사육사다. 김 씨는 "최근 한 꼬마가 드나들면서 동물들에게 이상한 일이 발생하고 있다"고 말을 한 뒤, 더 이상의 인터뷰를 피했다.

원자력 발전소 착공일이 다가오고 있어 남은 동물들이 갈 곳을 찾지 못한다면 안락사를 고려해야 할지도 모르는 상황이다.

"참나, 별일이야. 아무리 늙었어도 사잔데, 쪽팔리게 갈기를 털렸단 말이야?"

신문지를 구겨서 거실에 있던 휴지통에 넣어 버렸다.

음치깡통

아침 일찍 눈을 떴다. 아무도 안 믿지만 나는 상당히 예민한 편이다. 뭔가 신경을 건드리는 일이 있으면 잠부터 달아난다. 입이 까칠해서 아침밥도 거르고 거실 소파에 누웠다. 구겨진 신문지에 실린 어이없는 사자 기사를 읽고 휴지통에 던져 넣은 후, 리모컨으로 채널을 이리저리 돌리며 늘어져 있었다.

"퍽!"

갑자기 등짝에서 수류탄이 터지는 것 같은 충격이 날아들었다.

"윤시후, 학교 안 가냐? 이러다 꼭 지각하지."

설거지를 하다 뛰어온 엄마는 고무장갑까지 끼고 있었다.

"여기가 동물의 왕국이야? 왜 맨날 말보다 주먹이 먼저냐고오!"

"일찍 일어났으면 빨리 학교 가서 예습 복습이라도 하던가, 다

큰 애가 소파에서 늘어져 있니. 징그럽게."

고무장갑에서는 물이 뚝뚝 떨어졌다.

"일찍 일어났다고 학교 가서 예습 복습을 하면 그게 학생이야?
환자지!"

또다시 고무장갑이 날아올까 봐 오징어처럼 몸을 말며 소리쳤다.

"그럼 니가 정상이라고 생각했단 말이야? 중2 주제에?"

"아! 나를 태우고 온 우주선 수리는 언제 끝나냔 말이지!"

현관문을 있는 대로 꽝 닫고 나왔다.

오늘은 음악 수행평가가 있는 날이다. 아이들 앞에 나설 생각만
으로도 온몸이 스멀스멀 가렵고 오글거렸다. 지나가는 모든 것들
에 세심한 관심을 보여 주며 아주 산만하게, 느릿느릿 걸어 학교
에 도착했다. 교문에서 복장 불량으로 벌점까지 챙기고 나니 몸
컨디션은 더욱 불량해지기 시작했다. 불량해진 김에 열도 나고 제
대로 발동이 걸렸으면 좋으련만 애꿎은 목구멍만 조여 왔다. 온몸
이 가렵고 목구멍이 조여 오는 것만으로는 조퇴증을 끊어줄 리가
없다. 조퇴한들 수행평가를 피할 수 있는 것도 아니고. 오늘 빠지
면 교무실에 혼자 불려 가 선생님들 앞에서 수행평가를 받아야 할
것이다.

3교시 음악 시간이 다가오자 입안이 바짝바짝 말라 왔다. 음악실로 이동하다가 이대로 사라져 버릴까 진지하게 고민했다. 다른학년은 지필 평가에 악기 연주나 청음평가로 대신한다던데, 2학년음악 선생님은 기어이 가창 시험으로 수행평가를 한다고 했다.

"1번부터 번호순으로 나와서 지정곡을 부르세요."

피아노 앞에 앉은 음악 선생님의 호명에 1번 서윤이가 앞으로나가 노래를 부르기 시작했다. 지정곡은 〈남촌〉이다.

"산~ 넘어 남촌에는 누가 살길래~"

서윤이가 차분하게 노래를 시작했다. 모데라토 보통빠르기, 4분의 4박자. 두 번째 음절에서 반 박자를 놓치긴 했어도 대체로 음정, 박자를 잘 맞춰 불렀다. 아마도 A.

"두 번째 음절에서 반 박자 놓친 거 알지? 그래도 잘했어. 다음누구니?"

다음은 혜교. 혜교는 목소리는 좋은데 감정이 실리지 않아 건조하다. 남촌은 봄바람이 불어오듯 따뜻하고 설레는 기분을 표현해야 한다. 나비의 날갯짓처럼 살랑살랑. 하긴 전교 1등인 혜교는 공부하느라 영혼 같은 건 교육부에 맡긴 지 오래인 듯하고. 그래도전교 1등의 후광에 힘입어 역시 A.

"혜교야, 다음부턴 좀 더 노래에 네 느낌을 실어 봐. 감정만 살리면 더 잘 부를 수 있을 거야.”

아이들이 차례차례 나가 노래를 부른다. 우리 반 3대 음치 중 한 명인 경태도 오늘은 무난하게 잘 불렀다.

“산~넘어 남촌에는~”

현빈이는 이제 막 변성기가 시작되고 있었다. 아저씨 목소리같이 시큼털털한 목소리가 나오자 여기저기서 쿡쿡대며 웃었다.

“웃은 사람 누구니. 감점! 변성기가 온 학생은 선생님이 다 참작해서 점수를 줄 거야. 다만 노래를 부르다가 웃거나, 다른 사람이 노래를 부를 때 웃으면 감점이다.”

음악 선생님이 단호한 목소리로 말했다. 교실은 대번에 조용해졌다.

“다음, 19번은 반디지? 최반디.”

음악 선생님의 목소리가 다시 부드러워졌다. 입술에 미소까지 머금고 반디를 불렀다. 반디가 일어나 앞으로 걸어 나갔다. 자박자박 앞으로 나가는 걸음에서 4분의 3박자 음표가 뚝뚝 떨어졌다. 왈츠를 추듯 경쾌한 발걸음, 부주의하게 흘리고 가는 저 자신만만함. 대단히, 재수 없다!

반디는 우리 반에서 노래를 제일 잘 부른다.

“산~넘어 남촌에는 누가 살길래~ 해마다 봄바람이 남~으로 오네."

반디의 목소리가 교실에 울려 퍼졌다. 음정, 박자, 발음, 감정처리 어느 하나 손색없이 완벽하다. 은쟁반에 옥구슬 굴러가는 소리라고 했던가. 아직 변성기가 오지 않은 반디의 목소리는 사내자식이 맞나 싶게 맑고 고왔다. 그렇다고 항상 은방울 표는 아니었다. 가요 부를 때는 또 완전히 다른 목소리다. 가수가 와서 눈 흘기고 갈 정도로 기교 넘치게 노래를 불렀다. 거기다 랩까지 무리 없이 소화하는 걸 보면 정말 음악적 재능은 타고난 녀석이다.

"역시 반디 노래는 최고야."

짝꿍 시연이가 발그레해진 얼굴을 감싸며 중얼거렸다. 반디가 노래를 마치자 시키지도 않은 박수 소리가 터졌다. 특히 여자애들의 물개 박수는 그칠 줄 모르고 이어졌다. 반디는 멋쩍게 웃으며 꾸벅 인사를 하고 자리로 돌아갔다. 노래쯤은 껌이라는 듯 부리는 저 여유. '재수 없음'의 종결자이다.

"다음, 누구지? 20번, 윤시후."

내가 직면해야 하는 최악은 반디 다음이 바로, 나라는 거다. 쭈뼛쭈뼛 자리에서 일어났다. 아침부터 가렵던 피부가 닭살처럼 같이 일어났다. 어디선가 장송곡이 배경음악으로 들려오는 듯하다. 장송곡에 맞춰 걸었다. 라르고, 아주 느리게.

내가 나오자 벌써 쿡쿡대는 소리가 들렸다. 차라리 변성기가 시작되었다면 그 핑계 뒤로 숨을 텐데. 지금부터는 그냥 눈을 딱 감는 수밖에 없다. 피할 수 없다면 즐겨라, 라는 전혀 도움이 안 되는 말을 되뇌며 밀어냈다. 목구멍에 걸려 있는 그것들을.

"사안 캑캑 너어머어~ 나암촌~ 에는 캑!"

가시라도 돋은 것처럼 노래가 목구멍을 찔러댔다. 숨이 차올라 박자를 맞출 수가 없었다. 음정은 팝콘 튀듯 제멋대로 튀었다. 이론과 실기는 다른 것이다. 난 친구들의 노래를 슬쩍 들어도 어디가 틀렸는지 대번에 분석해내는 귀를 가졌지만, 돼지 멱 따는 소리를 내는 저주받은 성대를 가졌다.

"반디가 부른 노래랑 같은 노래 맞냐? 노래가 웬 고생!"

웃는 사람은 감점이었기 때문에 대놓고 웃지도 못하는 아이들의 얼굴이 붉어졌다. 웃음을 참느라 숨이 넘어갈 듯 헐떡이는 아이도 있었다.

"풋, 크크크 미안해. 어쩜 좋니."

웃음을 터뜨린 사람은 음악 선생님이었다. 말은 미안하다고 하면서도 한참 동안 웃음을 멈추지 못했다. 덩달아 아이들도 하나둘씩 참았던 웃음을 뿜어내기 시작했다. 참으로 훈훈한 풍경이다. 나 하나로 이렇게 많은 사람이 이다지도 즐거워하다니, 젠장.

나는 음치다. 다들 그렇다고 한다. 아이들은 나를 두고 '음치깡통'이라고 했다. 내 목에서 깡통 소리가 난다고 했다.

어렸을 적 나는, 항상 노래를 부르며 놀았다. 그때 사진을 보면 드라이기나 숟가락 같은 걸 마이크 삼아 노래 부르는 사진들이 꽤 많다. 엄마 말로는 온종일 가요 테이프를 틀어 달라며 졸랐다고 한다. 테이프를 틀어 놓고 열심히 따라 부르고 춤을 추며 놀았다고.

"아유, 우리 시후. 가수 해도 되겠네."

엄마아빠는 손뼉을 치며 아낌없이 환호해 주었다. 그러면 안 되는 거였다. 아무리 고슴도치 부모라도 고슴도치가 밍크 털을 가질 수 있다는 희망을 품게 하는 건 너무 무책임한 일이다.

학교에 입학한 후 처음 노래를 불렀던 날을 잊을 수가 없다.

"윤시후는 꿈이 뭐예요?"

선생님의 질문에 큰 목소리로 "가수요!"라고 대답을 했다. 야무진 대답에 선생님은 앞에 나와서 노래를 부르라고 했다. 그때는 나도 4분의 3박자 음표를 떨어뜨리며 경쾌하게 걸어 나갔다. 친구들 앞에 서서 배꼽에 힘을 주고 노래를 부르기 시작했다. 노래가 끝나자 박수 소리 대신 웃음소리가 터졌다. 친구들은 배꼽을 잡고 웃었다. 선생님까지도 웃음을 참지 못했다. 내가 지독한 음치라는 걸 그때 처음 알았다.

그 후로 노래를 부르면 목구멍에 가시 같은 게 돋았다. 가시가 목구멍을 콕콕 찔러대니 노래는 더욱 엉망이 됐다. 사람들 앞에서 더는 노래를 부르지 않았다. 겨울에 점퍼 지퍼를 목까지 채우듯 목구멍에 지퍼를 채워 버렸다. 하지만 수행평가처럼 도저히 피해 갈 수 없는 늪은 곳곳에 존재했다. 한겨울에 지퍼를 열고 맨몸으로 서 있다가 내려온 기분이다.

음악 시간이 끝나자 아이들이 우르르 반디 주위로 몰려들었다.

"반디가 노래를 부르면 심장이 막막 쫄깃해져."

"아이돌 보는 거 같아. 팬클럽 만들까 봐."

온갖 닭살 멘트들이 반디 머리 위로 날아다닌다. 정말 아이돌이라도 되는 것처럼 여자아이들의 관심을 몰고 다니는 반디. 나에겐 늪이 되는 바로 그 자리가 반디에게는 눈부시게 빛나는 무대가 된다. 그건 녀석이 싫은 백만 가지 이유 중 하나이기도 하다.

수업이 끝나자 서둘러 가방을 싸서 교실을 나왔다.

"시후야! 오늘 동아리 논술모임 있는 날이잖아. 디베이트 하는 날인데 너 빠지면 안 돼."

반디가 급하게 불렀다. 못 들은 척하고 나왔다. 노래를 잘 부르는 반디는 공부는 물론 못하는 게 없다. 이것도 저것도 다 잘하는 일명 '엄친아, 범생, 훈남.' 재수땡이 3종 세트를 풀로 장착했다.

"아파서 일찍 갔다고 할까? 정말로 아픈 건 아니지?"

반디가 뒤에서 소리쳤다. 옵션으로 착한 척 오지랖까지! 짜증 내기도 지친다.

타박타박 아무 생각 없이 걸었다. 갈 데도 없다. 이대로 집에 갔다간 등짝에 불이 날 텐데. 우리나라 청소년들은 학교랑 학원 빼면 정말이지 갈 데가 없다. 피씨방에라도 갈까 했지만, 오늘따라 주머니에 동전 한 닢도 없었다. 땡전 한 닢 없는 청소년이라면 이 넓은 지구별에 갈 데는 더더구나 없어진다. 하는 수 없이 근처 호수공원에 갔다.

주위를 둘러봤다. 아무도 없는 걸 확인하고 조용히 콧노래를 시작했다.

정말 이해가 안 되지만, 참으로 서글프게도 나는 여전히 노래 부르는 게 좋다. 노래를 못하면 싫어져야지 이런 불공평한 일이 세상에 어디 있는지 모르겠다. 아무도 없는 데서 부르면 목구멍에서 가시가 돋지 않았다. 음정은 엉망일지언정 목소리는 순하게 흘러나왔다. 그렇게라도 부르고 나면 체했을 때 할머니가 손가락을 따주는 것처럼 뭔가가 쑤욱 내려갔다.

하지만 아무도 모르게 도둑 노래 부르는 꼴을 생각하면 금방 또

우울해진다. 하고 싶은 것과 잘하는 것이 다르다는 것은 슬픈 일
이다. 무언가에 대한 결핍, 끝없는 갈증이 사춘기 질풍노도에 흔
들리는 배에 올라타 멀미를 일으켰다.

"형아, 애가 형아를 불러."

누군가 내 어깨를 톡톡 두드렸다.

유치원생쯤 되어 보이는 곱슬머리 꼬마 아이였다. 빵빵한 볼 위
에 주근깨가 자갈자갈 굴러다니고 있었다.

"누구? 누가 나를 불러?"

꼬마 주위엔 아무도 없었다.

"이 양말이 형아 노래가 맘에 드나 봐."

크고 검은 눈을 동글동글 굴리며 꼬마가 말했다. 그러더니 코앞
으로 뭔가를 쑥 내밀었다.

갈색 양말이다. 양말목 부분 중앙엔 사자 얼굴이 그려져 있고 그
주위에 갈기가 부숭부숭 달려 있었다.

내 노래가 마음에 든다는 최초의 팬이, 양말이란다. 풋! 웃음이
나왔다.

사자 갈기 양말

그날 밤이었다. 불을 끄고 침대에 누웠을 때였다. 어디선가 소리가 들렸다. 아주 작은 소리였지만 분명히 노랫소리였다. 눈을 번쩍 뜨고 귀를 기울였다. 노랫소리가 뚝 그쳤다. 잘못 들었나, 몸을 뒤척이며 다시 눈을 감았다.

"아빠하고 나~하고 만든 꽃밭에."

동요 〈꽃밭에서〉다. 가사까지 정확히 들린다. 휴대폰을 잘못 눌렀나 확인했지만 거기서 들리는 소리가 아니다. 살그머니 일어나 앉았다. 최대한 신경을 곤두세워 소리의 방향을 살피다가 불을 켰다. 수상한 움직임은 감지되지 않지만, 소리는 여전히 계속되고 있다. 깨금발을 하고 방 안을 살금살금 걸어 다녔다.

"채~송화도 봉숭아도 한창입니다~."

아무래도 소리는 가방에서 흘러나오는 것 같았다. 조심스럽게 가방의 지퍼를 열었다.

"아빠아가 매어 놓은~."

소리가 더 커졌다. 제대로 짚었다. 가방이다. 나도 모르게 가방을 확 밀쳤다. 가방이 떨어지며 안에 있던 내용물들이 우르르 쏟아졌다. 순간 노랫소리도 뚝 그쳤다. 한참을 얼어붙은 듯 가만히 있다가 조심조심 가방으로 다가갔다.

가방 안에 특별한 거라고는 없었다. 늘 담아 다니는 노트, 필통, 만화책…. 아, 오늘은 낮에 산 사자 갈기 양말이 들어 있다.

꼬마 녀석이 떠올랐다. 엉뚱하고 희한한 녀석이었다. 사탕 두 알이 내 가방에 있는 걸 녀석은 어떻게 알았을까.

"가방 뒤져 봐. 거기 사탕 있어."

꼬마는 사탕이 내 가방 안에 있다며 달라고 했다. 어이없게도 가방을 뒤지자 앞 지퍼에서 나도 모르던 사탕 두 알이 나왔다.

"이 양말, 형아한테도 꼭 필요할 거야. 이제 형아가 주인이니까 끝까지 책임져야 해."

사탕 두 알을 잽싸게 집어가며 녀석은 마치 살아 있는 사자라도 넘기는 듯 말했다. 슈퍼맨 팬티를 입으면 진짜 하늘을 날게 되는 줄 알 때도 있었지만, 이제 이런 양말을 신고 내가 진짜 사자라도 된 양 으르렁거리던 나이는 지났다. 하지만 꼬마는 끝내 손에 양말을 들려 주었다. 내 노래를 맘에 들어 하는 양말이라고, 끝까지 책임져 주라는 말까지 하면서. 장차 남극에 냉장고뿐 아니라 김치 냉장고까지 거뜬히 팔아 치우고도 남을 사업 영재를 만났는지도 모른다.

사자 갈기 양말을 집어 들었다.

"나팔꽃도 어울리게 피었스~읍니다."

갑자기 다시 노래가 나왔다.

"엄마야!"

놀라서 양말을 떨어뜨렸다. 바닥에 떨어진 양말은 조용했다. 발가락으로 양말을 콕콕 찍어 보았다. 아무 소리도 나지 않았다. 한참 바라보다 용기를 내어 다시 집어 들었다. 귀에 바짝 대고 양말을 흔들었다. 갈기가 흔들렸다.

"나팔꽃도 어울리게 피었습니다."

확실하다. 사자 양말에서 노랫소리가 나오고 있다. 꿈을 꾸고 있나? 아니면 요즘 흔들면 노래 부르는 양말도 나오나? 처음엔 슬쩍 겁이 났지만, 곧 심드렁해졌다. 노랫소리가 나는 것 빼곤 별다른 게 없었다.

"노래 부르는 양말이라니. 나보다 낫다."

책상 위에 던져 놓고 잠이 들었다.

아침에 일어나 사자 갈기 양말을 보니 어젯밤 일이 떠올랐다. 장난삼아 양말을 신어 봤다. 사자 머리 두 개가 떡하니 발 위에 올라앉았다. 쿡 웃음이 났다. 요리조리 보니 제법 앙증맞은 데가 있다. 이런 걸 신고 가면 우리 반 아이들은 나를 놀려대느라 종일 심심하지 않겠지?

"시후야, 밥 먹어!"

마침, 엄마가 부르는 소리에 사자 양말을 신고 아장아장 부엌으로 갔다.

"엄마, 요즘 흔들면 노래 나오는 양말도 파나?"

"양말이 너냐? 아무 때나 정신줄 놓게!"

식탁을 차리던 엄마가 심드렁하게 말했다. 우리 시후 가수 해도 되겠다며 손뼉을 쳐 주던 엄마는 이제 너무 야멸차게 솔직해졌다.

"정신줄 놓은 양말이 있더라니까."

사자 양말 신은 발을 쭉 뻗어 식탁 위에 올렸다.

"반찬 많아. 아침부터 돼지 뒷다리까지 상에 올리고 그러니?"

"이 양말이 노래를 한다고요. 여기 봐봐요."

다리를 더 쭉 뻗고 양말의 갈기를 쓰다듬었다. 아무 소리도 나지 않았다. 계속 다리를 흔들고 갈기를 쓰다듬었지만, 양말은 시치미를 뚝 뗐다.

"너 밤새 꿈꿨니? 도대체 그 괴상한 양말은 어디서 난 거야?"

다리를 옆으로 툭 밀어내며 엄마가 자리에 앉았다.

"으앗!"

그 바람에 몸이 쏠려 식탁 모서리에 머리를 찍었다. 이마에 혹이 솟았다.

"설마, 그 양말 신고 학교 갈 건 아니지?"

엄마는 미안하다는 말도 없이 내 발을 흘깃 쳐다보며 말했다. 엄마 입속에 있던 밥알 하나가 기세 좋게 튀어나오더니 내 볼에 와 붙었다.

"웩, 더럽게!"

"엄마 입속에 있던 게 더러워? 너 어릴 적엔 엄마가 김치도 막 빨아서 먹여 주고 그랬어."

엄마는 내 얼굴에 붙은 밥알을 떼어 다시 입에 쏙 넣고는 닦아주는 시늉을 하며 얼굴을 사정없이 문질러댔다.

"그런 걸 먹고 컸으니 내 상태가 이 모양이잖아!"

의자를 밀어제치고 벌컥 자리에서 일어났다.

"그 사자 가죽은 벗고 가라. 상태가 그 지경인데 양말까지 보태면 학부모 상담 들어온다."

"그럼 이 기회에 진지하게 상담 한번 받아 보든가! 내가 참고 살아서 그렇지 엄마 상태도 문제가 많다고!"

보란 듯 사자 갈기를 흔들며 집을 나섰다.

"너 진짜 신고 갈 거지? 가다가 비겁하게 벗고 그러는 거 아니지, 너!"

괜한 오기를 부리느라 양말을 신고 나왔지만 누가 볼까 봐 교복 바지를 내려 꽁꽁 가렸다. 이 유치한 양말을 신고 진짜 학교에 가게 될 줄은 몰랐다. 하지만 발에 땀이 많아 양말 없이 신발 신을 엄두는 나지 않았다.

"너 그 양말 어디서 났어?"

2교시가 끝난 후 화장실에 다녀오는데 반디가 다가와 물었다. 표정이 샐쭉했다. 얼른 발을 내려다보았지만 사자 갈기는 보이지 않았다. '이 자식 뭐야. 어떻게 본 거지?' 아무튼, 여러모로 신경이 거슬리는 녀석이다.

"어디서 나든 너하고 무슨 상관이야? 그런 디테일한 관심은 끄지!"

반디를 밀쳐 버리고 자리로 돌아왔다. 바짓단 밑으로 사자 갈기가 삐져나올까 봐 온종일 다리를 제대로 펴지도 못했다.

5교시 국어 시간이었다. 급식을 먹은 후여서인지 아이들이 꾸벅꾸벅 졸기 시작했다.

"이 녀석들 봐라. 언제부터 니들이 그렇게 인사성이 발랐다고 단체로 인사를 해대냐?"

국어 선생님은 교탁에 탁 소리 나게 책을 내려놓았다. 반쯤 눈이 풀린 아이들이 멍한 눈으로 앞을 바라봤다.

"이 몽환적인 분위기를 어쩌면 좋누. 누가 나와서 분위기 좀 살려 봐라."

번개 타임이다. 아이들의 눈이 순식간에 반짝 생기를 되찾았다.

"저요! 저요!"

갑자기 찾아오는 이런 번개 타임을 놓칠세라 아이들은 너도나도 손을 들었다. 음악 수행평가 때와는 완전히 다른 분위기다. 자유로움이 보장된 멍석은 깔아놓기가 무섭게 무대가 된다. 이런 시간이면 늘 자동으로 불리는 애들이 있다.

"강민재, 춤춰! 춤춰!"

민재의 댄스 실력은 수준급이다. 요즘 유행하는 최신댄스를 자유자재로 췄다. 여자아이들이 까무러칠 듯 소리를 지르며 넘어간다. 나는 음치에 몸치지만 춤을 잘 추는 아이들이 부럽지는 않다. 춤은 그저 잘하면 좋아 보이는 것, 절대 탐욕을 불러일으키지는 않았다.

"최반디, 노래! 노래!"

춤이 민재라면 노래는 당연히 반디다. 약속이나 한 듯 아이들은 반디를 불렀다. 이미 준비돼 있을 거면서 못 이기는 척 반디가 머리를 긁적이며 나온다.

"거,짓,말 늦은 밤 비가 내려와 널 데려와 젖은 기억 끝에 뒤척여 나."

그 긴 랩을 줄줄 왼 후 노래가 이어졌다. 고음도 무리 없이 소화한다. 완벽하다. 앙코르를 외치는 아이들을 뒤로하고 아무 일도 없었다는 듯 자리로 돌아와 앉았다. 왜, 춤에 대한 너그러움과 순수한 동경을 노래에는 가질 수 없는 걸까. 노래를 잘 부르는 아이는 부러움보다는 적개심이 먼저 든다. 내가 가지지 못한 것에 대한 분노랄까?

"이제 더 없니? 그럼 잠 깼지? 다시 수업 시작할까?"

폭풍이 흔들고 간 듯하던 교실이 조용해졌다. 아이들은 아쉬움을 달래며 책을 폈다.

바로 그 순간이었다. 갑자기 발이 후끈거렸다. 발가락을 꼼지락거렸다. 발은 더 뜨거워졌다. 그러더니 나도 모르게 몸이 자리에서 튀어 올랐다.

"저, 저요. 저도 한 곡 부르겠습니다. 선생님."

나, 나 지금 뭐라고 말하는 거니? 내 입이 가당치도 않은 소리를 주절거리고 있다. 어이가 없기는 아이들도 마찬가지인 모양이다. 모두 입을 떡 벌리고 나를 쳐다봤다. 어라, 내 몸이 진짜 앞으로 나간다. 발, 발이다. 후끈거리던 발이 제멋대로 움직이기 시작했다.

"큭, 윤시후가 제 발로 나가 노래를 부른단다."

경태가 정신을 차리고 비웃기 시작했다. 비웃는 게 당연하다. 내가 생각해도 이건 내가 이상한 거다. 음치깡통 윤시후가 자청해서 노래를 부르다니, 있을 수 없는 일인 거다. 영혼이 몸을 이탈하여 좀비처럼 제멋대로 움직이고 있는 몸을 바라보고 있는 느낌이다. 누가 쟤 좀 말려 줘!

하지만 앞으로 나온 윤시후는 여유 있게 아이들을 한 번 둘러보기까지 한다. 발은 더욱 뜨거워지고 마음은 더 뜨거워질 기세다.

"아빠하고 나~하고."

오, 이럴 수가 동요다. 이 폼을 잡고 나와서 부르는 노래가 동요라니. 아니, 아니다. 부르는 게 아니라 그냥 노래가 목구멍에서 흘러나오기 시작했다. 앗, 그러고 보니 이건 어제 밤새 양말이 불렀던 노래다.

뜬금없이 나와서 동요를 부르자 쿡쿡 웃던 아이들이, 노래가 계속될수록 정숙해졌다.

"채송화도 봉숭아도 한창입니다."

처음 듣는 고운 목소리였다. 반디의 은쟁반에 옥구슬 굴러가는 소리와도 비할 바가 아니었다. 부르는 내가 반할 만큼 고운 목소리였다. 그러니까 그건, 내 목소리가 아니었다. 내 목소리도 아닌 것이 내 목에서, 입에서 흘러나오고 있었다.

"애들하고 재밌게 뛰어놀다가~."

나는 꽃밭에서 2절을 모른다. 그런데 지금 2절을 부르고 있다. 내가 살던 별에서 텔레파시를 보내 날 조종하고 있는지도 모른다.

드디어 노래가 끝났다.

"어떻게 된 거야? 시후 엄청 음치 아니었어?"

"보컬 학원이라도 다닌 거야? 목소리가 완전히 달라졌잖아!"

"동요를 듣고 이렇게 감동받아본 건 처음이야."

아이들이 놀라서 웅성거렸다. 고개를 꾸벅하고 자리로 돌아왔다. 꿈을 꾸는 것 같았다. 이게 도대체 무슨 상황인지 몰라서 눈을 끔벅이다가 반디의 눈과 마주쳤다. 웬일인지 반디의 눈이 빨갰다.

'내 노래가 그렇게 감동적이었어? 아니면 저보다 잘 불러서 억울한가?'

내 목소리가 아니었다는 것도 잊은 채 어깨가 으쓱해지려고 했다. 아이들의 경탄 속에서 꿈처럼 하루를 보냈다.

후다닥 집으로 돌아왔다. 그때까지도 두근거리는 가슴이 진정이 안 됐다. 국어 시간의 일이 아직도 믿기지 않는다. 나한테서 어떻게 그렇게 고운 목소리가 나왔지? 왠지 뭔가를 훔친 느낌이다. 바보같이 거울 앞에서 입을 딱 벌리고 목구멍을 들여다보기까지 했다.

"아빠~하고 나~하고."

가만히 다시 노래를 불렀다. 아까 그 목소리다. 신기해서 몇 번이나 부르고 또 불렀다. 온몸이 오글거리게 낭랑한 목소리다. 이번에는 반디가 불렀던 가요도 불러봤다.

"거짓말 늦은 밤 비가 내려와 널 데려와 젖은 기억 끝에 뒤척여나."

와우, 이 매끄러운 랩이라니, 환상적인 목소리라니. 믿을 수가 없었다. 내 몸 어디에 이런 목소리가 숨어 있다가 이제야 나오는 걸까. 난 음치깡통이 아니었던 거다! 가슴이 벅차올랐다.

그런데 발이 계속 후끈거렸다. 노래를 부를수록 발이 점점 더 뜨거워졌다. 노래를 멈추고 양말을 벗었다. 양말을 벗어 던지고 목소리를 가다듬은 후 다시 진지하게 노래를 불렀다.

"다 거짓말 캐캑, 이야. 몰랐 캑!"

아, 이럴 수가. 엉망진창 찌그러진 깡통 같은 원래 내 목소리로 감쪽같이 돌아왔다.

"아빠하고 크큭 나 크흭!"

〈꽃밭에서〉도 마찬가지다. 좀 전까지 나오던 목소리가 아니었다. 달라진 거라면 양말을 벗은 것밖에 없는데. 나도 모르게 사자 갈기 양말로 눈길이 갔다.

"설마."

양말을 다시 신었다. 노래를 불렀다.

"아빠하고 나~하고 만든 꽃밭에…"

아까의 그 고운 목소리가 다시 흘러나왔다. 양말을 신고 벗고 몇 번을 불러 봐도 마찬가지다. 목을 움켜쥐고 자리에 쓰러질 듯 주저앉았다.

도대체 저 우스꽝스러운 사자 갈기 양말이 나에게 무슨 짓을 하고 있는 거야!

다시 만난 꼬마

 문제는 그날부터였다. 노래가 밤낮으로 들려오기 시작한 것이다. 마치 괄약근이 고장 나서 시도 때도 없이 방귀가 새는 엉덩이처럼, 노래가 샜다. 불쑥불쑥 삐져나오는 노래 때문에 정신이 나갈 것 같았다. 공부 시간에도, 밥을 먹을 때도, 축구를 할 때도, 잠을 잘 때도 때와 장소를 가리지 않았다.

 "아빠하고 나~하고~"

 "이제 모두 세월 따라 흔적도 없이 변하겠지만~"

 "이 세상에 부모 마음 다 같은 마~음~"

 "yesterday all my troubles seemed so far away~"

 동요, 가요, 트로트, 팝송까지 종류도 다양했다.

 "엄마, 나한테 무슨 소리 안 들려?"

엄마에게 물어보았다. 이렇게 큰 소리가 나는데도 옆에 있는 사람들이 아무 말도 안 하는 게 오히려 이상할 지경이었다.

"응. 들려."

엄마가 내 쪽으로 몸을 기울였다가 세우면서 말했다.

"그렇지? 노랫소리 같은 거 들리지?"

"아니, 개 풀 뜯어 먹는 소리가 들려!"

"나 지금 진지하다고!"

"얘가 중2가 되더니 진짜 날마다 더 이상해져. 무슨 노랫소리가 들린다고 그래? 아무 소리도 안 들려."

엄마는 한심하다는 듯 나를 보며 쯧쯧거렸다. 그 순간에도 양말은 귀청이 나갈 만큼 큰 소리로 노래를 부르고 있었는데 말이다.

그럼에도 불구하고, 나는 사자 갈기 양말을 꾸준히 신고 다녔다.

"너희 행성에서는 보행 시에 이 양말이 필수 장비냐?"

손빨래를 해서 널어놓은 사자 갈기 양말에 엄마는 진짜 외계인이라도 보는 눈으로 나를 봤다. 하지만 내가 진짜 안드로메다 행성인이 될지라도 양말을 신지 않을 수 없었다. 내 목에서, 아니 양말에서 나는 그 황홀한 목소리를 포기할 수 없었다. 음치였던 내가 번개 타임에서 '노래! 노래!' 하는 환호성을 듣게 되었다니.

꼬마가 말했다. 이 양말이 나한테 꼭 필요할 거라고. 녀석은 알

앉을까. 정말 양말이 나 대신 노래를 불러 줄 거라는 걸 알고 팔았던 걸까? 하지만 그 말은 절반은 맞고 절반은 틀렸다. 나만 양말이 필요한 게 아니라 양말도 내가 필요한 듯했다. 노래를 불러 주지 않으면 견디기가 힘들 정도로 귀에서 징징거렸다. 어디서든 노래를 부르면 종일 귓바퀴를 어지럽게 타고 돌던 노래는 신이 나서 고운 소리를 냈다. 아마 양말도 제 노래를 불러 줄 누군가가 필요했던 거고, 나는 노래가 필요했고 우리는 서로에게 공생의 관계가 된 셈이다.

"어머, 윤시후. 웬일이니? 이건 말도 안 돼. 어떻게 이런 목소리를 지금까지 숨겼니?"

음악 선생님의 눈이 휘둥그레졌다. 숨긴 게 아니라 양말 하나 바꿨을 뿐이라면 아무도 안 믿겠지.

"그동안 숨기느라 얼마나 힘들었는지 모릅니다요."

"장난하지 마. 이런 음색을 어떻게 숨겼다는 거니? 음역대도 완전히 달라졌어."

"지난 주말 폭포 밑에서 득음을!"

음악 선생님은 의심쩍은 눈길을 거두지 못했지만, 양말 때문이라고 생각할 리는 없었다.

쉬는 시간이었다. 사자 갈기 양말에서는 여전히 노랫소리가 들렸다. 오늘 들리는 노래는 처음 들어보는 조용한 멜로디의 노래였다. 이제 나는 제법 익숙해져서 양말에서 들리는 노래를 느긋하게 감상하는 경지에 이르고 있는 참이었다.

"너 오늘도 그 양말 신었지!"

반디가 다가와 말했다. 녀석답지 않게 삐딱한 말투였다.

"언제부터 니가 내 발에 그렇게 관심을 가진 건데?"

"그 유치한 양말 좀 그만 신고 다녀."

얼굴까지 붉히며 반디가 소리쳤다. 그 바람에 모두의 시선이 내 양말로 모였다.

"왜, 무슨 양말인데? 피카츄라도 그려진 거야?"

아이들이 내 발을 들여다보며 한 마디씩 던졌다. 그동안 양말을 교복 바지로 가리고 다니면서 들키지 않으려고 얼마나 조심했는데, 느닷없이 들이대는 반디 때문에 당황스러웠다.

설마, 내 목소리가 양말에서 나왔다는 걸 반디가 눈치라도 챈 건가? 아무리 머리가 좋아도 그걸 눈치챌 만큼 상상력이 풍부하지는 않겠지. 신고 있는 나도 믿지 못할 일인데. 어쩌면 내가 저보다 노래를 잘하게 되니까 샘을 내는 건지도 모른다. 안 하던 짓을 하는 걸 보니 질투를 하는 게 분명하다. 내가 저한테 쭉 그래왔던 것처럼, 통쾌하게도.

"우리가 서로의 패션에 대해 충고해 줄 만큼 그렇게 각별한 사이였냐? 관심 끄고 각자 볼일 보지?"

그렇게 멋지게 말해 주고 일어서려는데 갑자기 음악이 바뀌었다. 조용하게 흐르던 음악이 귀를 먹먹하게 할 정도로 요란한 음악으로 바뀐 것이다. 동시에 발도 후끈거리기 시작했다. 이상한 일이다. 양말은 그동안 내가 노래를 부를 때만 열을 냈다. 평상시엔 노랫소리만 들릴 뿐이었는데 갑자기 못 견디게 뜨거워졌다.

"비켜!"

반디를 밀치고 복도로 나갔다. 가슴이 두근거리고 발이 동동 구르며 진정이 되지 않았다. 왜 이러는 걸까.

그 뒤로도 양말은 몇 번이나 같은 반응을 보였다. 갑자기 음악 소리가 요란해지고 발이 후끈거리고 가슴이 뛰었다. 그때마다 반디가 근처에 있었다. 처음엔 긴가민가했는데 몇 번 실험해 본 결과 확실했다. 양말이 반디에게도 반응을 하는 것이다!

양말은 내 노래가 마음에 든다고 따라왔다. 내 형편없는 노래가 마음에 들었다면 반디의 환상적인 노래는 어땠을까. 반디 정도의 목소리라면 양말이 아니라 셔츠나 바지도 반할 만하다. 양말은 반디에게 가고 싶은 걸까?

'쳇, 어림없어!'

정말 묘한 기분이었다. 또다시 반디를 질투하고 있는 건가? 그 것도 우스꽝스러운 사자 갈기 양말 때문에.

게다가 요사이 양말은 점점 더 큰 소리로 노래를 부르기 시작했다. 마치 떼를 쓰는 아이처럼 온종일 쉬지 않고 귓가에서 징징거렸다. 친구들 이야기는 물론 수업 시간에 선생님 목소리도 제대로 들리지 않을 정도로 커졌다.

양말을 벗어들고 물끄러미 바라봤다. 도대체 이 양말은 어떻게 만들어진 걸까. 노래 부르는 양말이라니. 생각해 보면 처음부터 이상한 게 한둘이 아니다.

꼬마를 다시 찾아가기로 했다. 이 모든 시작은 꼬마다.

호수공원으로 다시 갔다. 꼬마는 보이지 않았다. 꼬마가 다가왔던 벤치에 앉아 한참을 기다렸다. 해가 져 주위가 어둑해질 때까지 나타나지 않았다. 그래도 날마다 찾아갔다.

꼬마를 만난 건 보름이나 더 기다린 후였다. 그날도 한 시간이나 기다리다가 포기하고 타달타달 걸어오는 중이었다. 어이없게도 우리 아파트 분수대 앞 공터에서 꼬마를 발견했다.

"누나, 이 양말이 누나를 부르는데?"

꼬마는 공작새 깃털이 화려하게 장식된 양말을 들고 있었다. 화장을 짙게 한 여자아이에게 나랑 똑같은 말을 하며 흥정을 하고 있다. 뭔가 옥신각신하더니 곧 여자아이가 사탕 두 알을 꼬마에게 주었다. 저 공작새 양말에는 어떤 비밀이 숨겨져 있으려나?

양말을 팔고 꼬마는 곧 짐을 정리하기 시작했다. 엄청나게 빠른 속도였다. 순식간에 양말들이 꼬마의 작은 배낭 안으로 사라졌다. 양말을 팔고 아니, 떠넘기고 저렇게 꽁무니가 빠져라 사라지는 걸 보면 확실히 뭔가 있다.

"꼬맹이! 잠깐 기다려."

깜짝 놀란 꼬마가 쳐다봤다. 곧 나를 기억해냈는지 입을 삐쭉거렸다.

"이건 반칙이야. 무르는 건 안 돼!"

"환불 안 해. 물어볼 게 있어."

미리 준비해 둔 사탕 두 알을 꼬마 손에 얼른 쥐여줬다. 꼬마 입이 방그레 벌어졌다. 꼬마는 한 알만 집어갔다.

"양말이 없을 땐 한 알 이상은 안 받아. 사실 나도 한 알에 무늬를 사 오니까 내 몫은 언제나 사탕 한 알이라고."

금세 사탕을 까서 입안에 넣고 우물거리며 꼬마가 말했다.

"자, 이제 물어봐. 사탕 한 알 어치만 말해 줄 거야!"

"네가 판 양말이 노래를 해. 지금도! 혹시 너한테도 들려?"

"응, 아마 그럴 거야. 노랫소리 때문에 힘들다고 사자가 갈기를 팔았으니까."

꼬마는 별일 아니라는 듯 말했다.

"사자가 갈기를 팔았어?"

"그래. 시도 때도 없이 노래가 보챈다고 사자가 팔았어. 갈기 속으로 노래가 들어온 후 잠을 잘 수가 없다지 뭐야."

그러니까 그 말은, 황당무계한 동화 같은 이야기는 나중에 이해하기로 하더라도, 꼬마는 그걸 알고 팔았다는 거다.

"그런 불량품을 나한테 팔았단 말이야?"

괘씸한 녀석, 꿀밤이라도 한 대 먹이고 싶었다.

"내가 판 게 아니라, 양말이 따라간다고 했다니까!"

꼬마가 씩씩거렸다.

"왜 하필 나야!"

"형아가 간절하게 불러 놓고 무슨 소리야."

"너 그 말 단골로 우려먹는 멘트 아냐? 아까 여자애한테도 양말이 부르네 어쩌네 하던데."

"난 아무에게나 안 팔아. 양말이 가고 싶다는 주인을 찾아 주는 것뿐이라고!"

꼬마는 억울해 죽겠다는 표정으로 빽 소리를 질렀다.

"형아 목이 노래를 부르고 싶어서 막 외쳐대고 있었다고. 그러니까 노래가 따라가겠다고 떼를 쓴 거잖아."

꼬마는 배낭을 들썩이며 종종거리기 시작했다.

"사실 나도 다른 형아를 찾고 있었지만 좀처럼 만날 수가 있어야지. 나 이제 갈래!"

"잠, 잠깐. 노래는 왜 하필 사자 갈기 속에 숨은 거야? 노래가 뭘 보채는 건데? 어떻게 하면 달래 줄 수 있는 건데?"

꼬마의 배낭을 꽉 잡았다. 어림없다. 무려 보름을 날마다 공원에서 기다렸다. 비밀을 다 털어놓기 전엔 보내 주지 않을 거다.

"끝까지 책임지라며. 뭘 알아야 책임도 질 거 아냐!"

"사탕 한 알 어치만 말해 준다고 했잖아. 사자한테 물어보던가!"

"뭐? 사자는 어디 있는데? 그건 말해 줘야지."

"배고픈 다리 동물원에 가 봐."

"그게 어디야?"

꼬마는 작은 입을 고집스럽게 꼭 다물고 내 눈을 똑바로 쳐다봤다. 머루 포도 같이 까만 눈과 마주치자 현기증이 일었다. 갑자기 손에 힘이 스르르 풀렸다. 팔이 풀리는 순간 꼬마가 저만치 멀어졌다. 공간이동이라도 하는 것처럼 바로 눈앞에서 사라져 어느새 길 건너에 있었다. 보고도 믿을 수가 없었다.

"양말을 잘 달래서 데려다 달라고 해."

꼬마가 길 건너에서 손나발을 불며 소리쳤다.

"뭐라고?"

트럭 하나가 길을 가로질러 지나갔다. 꼬마가 가려졌다. 트럭이 지나간 후 길 건너편에는 아무도 없었다.

배고픈 다리 동물원

배고픈 다리 동물원. 왠지 낯설지 않은 이름이다. 어디서 들었더라…, 반나절이나 뇌를 혹사시킨 끝에 드디어 기억해냈다. 얼마 전, 거실 바닥에서 뒹굴던 구겨진 신문에서 봤던 기사. 배고픈 다리 동물원의 침입자 어쩌고 했던, 갈기를 털렸다던 바로 그 덜떨어진 사자가 이 양말의 주인이군. 세상은 정말 넓고도 좁은 곳이구나 하고 감탄하다가 또 전율이 흘렀다. 그러니까 바로 그날 오후, 꼬마를 만났고 사자 갈기 양말을 샀다.

뭔가 처음부터 계획된 우연이었다는 느낌. 사자를 만나야겠다는 생각은 절박함으로 바뀌었다. 우연을 가장한 준비된 만남이었다면 그 이유를 알아야 했다. 어떤 이유로 양말이 노래를 하게 되었는지, 그 양말이 따라온 게 왜 하필 나였는지.

하지만 배고픈 다리 동물원이 어디 있는지는 기억이 나질 않았다. 그것이 어떤 신문의 일부분이었는지도, 이럴 줄 알았으면 휴지통으로 그렇게 무책임하게 던져 넣지는 않았을 것이다.

꼬마는 양말을 달래 보라고 했다. 양말이 다리를 걷게 하고, 노래를 부르게 했던 걸 생각해 보면 양말이 동물원에 데려다줄 거라는 말은 충분히 가능한 이야기다. 하지만 양말을 달래려면 어떻게 해야 하는 건지, 난감했다. 양말을 업고 우쭈쭈라도 해야 하는 건가.

한참을 생각한 끝에 다시 양말을 신었다. 지금까지 일을 떠올려 보면 양말이 가장 좋아하는 건 나와 함께 노래를 부르는 것이었다.

"아빠하고 나~하고 만든 꽃밭에 채송화도 봉숭아도 한창입니다."

어떤 노래를 부를까 하다가 양말과 가장 많이 불렀던 노래 〈꽃밭에서〉를 불렀다. 눈을 감고 진지하게. 감정을 살려서, 한 줄 한 줄 가사를 떠올리며 불렀다.

아빠와 함께 꽃밭을 만들며 즐거워하는 아이의 모습, 어렸을 때 아빠랑 보냈던 행복한 모습도 눈앞에 그려 보았다. 엄마가 먹여 주고 입혀 주고, 공부 봐 주느라 애쓸 때, 아빠는 그냥 나랑 놀

앉다. 하지만 그것이 얼마나 어려운 일이었는지 다섯 살짜리 사촌 동생과 한나절 놀아 본 후 알게 되었다. 눈을 감고 옛날 일을 떠올리며 미소를 짓는 사이, 어느 순간 발이 후끈거리기 시작했다.

반응이 온 것이다!

"양말아, 사자한테 데려다줘. 배고픈 다리 동물원에 놀러 가자."

드디어 다리가 움직이기 시작했다. 집을 나와 아파트를 벗어났다. 버스도 탔다. 그리고도 한참을 걸어 처음 보는 동네에 도착했다.

버스에서 내리자 동네 여기저기에 '원자력 발전소 건설 반대!' 현수막이 보였다. 이 동네에 원자력 발전소가 들어선다던 기사가 떠올랐다.

버스 정류장에서 멀지 않은 곳에 돌다리가 보였다. 커다란 돌을 쌓아 만들어진 다리였다. 사자 갈기 양말은 다리를 향해 걷기 시작했다. 몇 발자국 안 떨어진 것처럼 가까워 보이던 다리는 생각보다 멀었다. 걸어도 걸어도 그 자리인 것 같은 느낌이었다. 배고픈 다리 동물원이라고 했는데 어쩌면 이 다리가 배고픈 다리일지도 모른다. 자꾸자꾸 걷다 보니 배가 고파지려고 했다.

겨우 다리를 건너고 나니 이번에는 우거진 수풀을 헤치며 산속으로 들어가기 시작했다. 도대체 이런 곳에 어떻게 동물원이 있다는 거야, 라고 투덜대는 순간 거짓말처럼 동물원 간판이 보였다. 무성한 나무 잎사귀 때문에 간판이 거의 가려져, '픈 다리 동물원'만 보이는 간판이었다.

머뭇거리는 나와는 달리 양말은 자기 집을 찾아가는 것처럼 망설임 없이 동물원 안으로 들어갔다.

매표소에도 입구에도 직원이 없다.

직원 대신 안내문이 입구에 붙어 있었다. 배가 고프기는 했지만 그래도 그냥 들어갈 수가 없어 한참 동안 직원을 불렀다. 아무리 기다려도 직원은 오지 않고 양말은 점점 더 후끈거리며 보챘다. 결국, 입구에 있는 파란색 바구니 안에 돈을 넣고 들어갔다.

밖에서 보기와는 달리 생각보다 동물원 안은 크고, 폐쇄를 앞둔 곳답지 않게 깨끗했다. 사육사가 한 명뿐이라고 기사에서 읽은 것 같은데 혼자서 넓은 동물원을 이렇게 단정하게 관리하다니, 대단하다.

안내도를 보니 사자 우리는 제일 안쪽에 있었다. 사자를 찾아가던 중 얼룩말을 봤다. 넓은 사육장에 얼룩말 혼자 있었다. 저 무늬가 있다, 없다 한다고 했던가?

"혼자 왔니?"

누군가 뒤에서 말을 걸어왔다. 돌아보니 머리가 하얀 노인이 서 있었다. 손에는 몸집만큼이나 큰 양동이가 들려 있고, 양동이 안에는 동물들 먹이로 보이는 것들이 담겨 있는 걸 보아 바로 그 사육사인 듯했다.

"아, 안녕하세요."

이렇게 나이 든 분이 혼자 관리하다니, 더욱 믿기지 않는 일이다.

"이 시간에 용케 혼자 이런 곳에 찾아왔구나. 요새는 관람객이 한 명도 없을 때가 많아서."

정확히 말하자면 양말이 용케 혼자 이런 곳에 날 데려온 거다.

"저 얼룩말은 어쩌다 저렇게 된 거예요?"

"참 알 수 없는 일이야. 멀쩡하던 얼룩말 다리에서 무늬가 갑자기 사라졌어. 그러더니 어느 날인가는 다리에 다시 무늬가 생겼더란 말이지."

"이 동물들은 이제 어떻게 되는 거예요?"

"글쎄 말이다. 남은 녀석들은 자연 방사도 할 수 없는 녀석들이니 동물원으로 가야 하는데, 마땅히 받아 주는 곳이 없구나. 천천히 돌아보고 가거라."

다시 양동이를 들고 자리를 뜨던 노인이 갑자기 뒤를 돌아보며 이야기했다.

"아, 돌아다니다 혹시 꼬마를 보거든 이야기해다오."

"네? 꼬마요?"

"고 녀석이 뭔가 장난을 치는 게 분명한데, 잡을 수가 있어야지."

양말을 팔던 바로 그 꼬마를 말하는 게 틀림없다. 그 순간 양말이 어서 가자는 듯 후끈후끈 더 열을 냈다. 할아버지와 인사를 나누려 했지만 이미 저만큼 멀어져 버렸다.

사자 우리에 도착했다. 근처에 있는 다른 사육장은 비어 있었다. 넓은 사자 우리에는 커다란 나무와 물을 먹을 수 있는 웅덩이, 그리고 그 옆에 크고 편평한 바위가 있었다. 사자 한 마리가 바위 위에서 배를 깔고 앉아 눈을 끔벅거렸다. 사자가 한 마리밖에 없기도 했지만 내가 제대로 찾아왔다는 것을 대번에 알 수 있었다. 꼬맹이의 솜씨가 과히 좋지 못했는지, 뭉텅뭉텅 잘려나간 사자 갈기는 가관이었다. 거의 벌초 수준으로 낫질을 한 것 같은 거친 가위질이 사자의 카리스마를 완벽하게 없애 버렸다. 애처롭고 어딘지 바보스럽기까지, 동물의 왕 사자 체면이 말씀이 아니다.

"너지? 이 양말 갈기의 주인?"

사자 우리에 바짝 붙어 발을 들고 양말을 보여주었다. 꾸벅꾸벅 졸고 있던 사자가 고개를 들고 나를 바라봤다. 그러더니 일어나 어슬렁어슬렁 다가왔다.

"뭐? 내 갈기로 양말을 만들었다고?"

무시무시해 보이는 뾰족한 송곳니 사이에서 굵고 쉰 목소리가 흘러나왔다.

"헉!"

사자가 말을 한다. 하지만 생각해보면 이상할 것도 없다. 양말이 노래를 하는데 사자라고 말 못할 이유가 하나도 없는 것이다.

"이런, 그 노래가 또 들리네! 왜, 왜 여길 데려온 거야!"

양쪽 귀를 바짝 세우고 사자가 뒷걸음을 쳤다. 낮게 으르렁대자 콧수염이 예민하게 떨렸다. 하지만 생각보다 순해 보이는 눈은 겁을 먹고 흔들리고 있다.

"기다려. 그렇게 도망치지 말고. 너도 책임이 있잖아!"

"책임은 무슨 책임! 어느 날 갑자기 노래가 허락도 없이 내 갈기 안으로 들어왔어. 나도 피해자라고."

"노래가 어쩌다 네 갈기 안으로 들어간 거야?"

뒷걸음질만 치는 사자를 간신히 붙들었다.

"어느 날, 어떤 남자가 어린아이를 업고 여길 왔어."

사자가 나직이 한숨을 쉬며 다가와 앉았다. 앞다리를 포개고 꼬리를 축 늘어뜨린 채 이야기를 시작했다.

"무척 지쳐 보였어. 아이가 등에 매달려 잠이 들어 있었지. 남자는 내 앞에 아이를 내려놓고 앉았어. 계속 한숨을 쉬던 남자가 잠든 아이의 이마를 쓸어 주며 노래를 불렀어. 그게 바로 지금 이 노래야."

사자 갈기 양말은 아까부터 〈꽃밭에서〉를 부르고 있는 참이었다.

"역시 〈꽃밭에서〉가 자장가였구나."

"남자가 떠나면서 그러더라. 미안하지만 노래를 여기 놓고 간다고. 자긴 더는 노래를 불러줄 수가 없다고 했어. 곧 아이 곁을 떠나게 될 것 같다고. 언제든 아들이 자라서 여길 오게 되면 이 노래를 전해 주면 좋겠다고 했어. 노래가 곁에서 아들에게 힘이 돼 주지 않겠느냐고. 그러면 좀 편하게 떠날 수 있을 것 같다면서 말이야."

사자가 시무룩하게 말을 이어갔다.

"그때부터였어. 노래가 내 갈기 속으로 들어와 살기 시작한 건."

"그런데 어쩌자고 노래를 팔아 버린 거야? 아이가 찾아오면 돌려줘야지.”

“바, 밤이나 낮이나 노래를 불러대는 통에 살 수가 있어야지. 불
면증까지 와 버렸어. 꼬마에게 그냥 판 건 아니야. 그 아이를 찾아
서 돌려주라고 했는데….”

사자는 당황해서 변명을 해댔다. 그러다가 갑자기 고개를 바짝
들었다.

“혹시, 너야? 그러고 보니 지금쯤 딱 니 나이 정도 됐을 거 같은
데?”

사자가 꼬리를 빳빳이 세우고 나를 쳐다봤다.

“왜 이래. 우리 아빠는 오늘 아침에도 건강하게 출근하셨어. 게
다가 아빠가 자장가를 부르면 자던 아이도 깬다고.”

내게 음치깡통의 유전자를 물려준 사람이 바로 아빠다.

“그러니까 아들을 찾아서 그 노래를 돌려줘야 한다는 거잖아.”

다시 한번 양말을 판 꼬마가 괘씸했다. 이렇게 어려운 숙제를 나
한테 떠넘기다니.

“더 아는 거 없어? 아이가 사는 곳이라든가, 이름이라든가.”

“오래전 일이라 잘….”

“기억해 봐. 어떻게든 해결해야 할 거 아냐. 안 그러면 이 양말
여기다 걸어놓고 간다.”

당장 양말을 벗을 참으로 다리를 들어 올렸다.

"하, 하지 마. 제발. 그게 벌써 몇 년 전 일인데 그래. 나도 정말 오래 참고 기다렸다고!"

사자가 억울한 듯 앞발을 구르며 소리쳤다. 꼬마도, 사자도, 노래도…, 갑자기 내 인생에 뛰어들어 이렇게 혼란스럽게 만들다니. 한숨을 쉬며 바위 위에 걸터앉았다.

"와그작!"

어디선가 나뭇가지 밟히는 소리가 났다.

노래의 진짜 주인

뒤를 돌아보았다. 아무도 없었다. 근처 풀들이 부산스럽게 흔들렸다. 누군가 다급하게 움직이는 기척이 느껴졌다.

"와그작!"

이번에는 좀 더 분명하게 들렸다. 순간 사자 갈기 양말이 다시 뜨거워졌다. 노랫소리가 더 크게 들려왔다. 다리가 움직였다. 소리 나는 쪽으로 달렸다.

"사사삭 사사삭!"

수풀들이 이리저리 몸을 눕히며 움직였다. 풀 사이로 얼핏 뭔가 보였다. 동물은 아니었다. 사람이었다. 사자 갈기 양말은 그 움직임을 따라 뛰었다. 숨이 차올랐지만 멈출 수가 없었다. 누군데 이렇게 쫓아가는 거지? 양말은 저기 숨은 사람이 누군 줄 알고 쫓아가는 걸까?

"멈춰, 거기 도대체 누구야!"

헉헉거리며 소리쳤다. 움직임은 더 빨라졌다.

"퍽!"

눈에서 불이 번쩍 났다. 곧 날카로운 통증이 배를 파고들었다. 허리가 90도로 꺾였다. 두 번째 주먹이 다시 등으로 날아들었다. 다리가 힘없이 꺾였다. 검은색 아디다스 운동화에 물 빠진 청바지, 잠시 멈칫했다. 안간힘을 써서 고개를 올렸다. 코발트블루 체크무늬 티셔츠, 낯익은 차림이다. 하지만 얼굴을 확인하기 전에 세 번째 주먹이 눈앞으로 날아들었다. 나도 모르게 눈을 질끈 감았지만, 다리는 주먹을 향해 날아갔다. 내 몸의 운동신경과 신경체계의 영향을 받지 않은 다리가 단독 방어에 나선 것이다.

"으윽!"

드디어 상대방의 몸이 내 앞으로 털썩 주저앉았다. 주먹을 불끈 쥔 채 상대는 고개를 땅바닥에 처박았다. 역시 낯설지 않은 모습이다. 설마….

"누구야, 너!"

고개를 숙인 녀석의 어깨를 세차게 잡아당겼다. 설마 했는데 역시, 반디다.

"손 저리 치워!"

반디가 내 손을 거칠게 쳐냈다. 눈에 핏발이 서 있다.

"너 이 자식, 무슨 짓이야! 다짜고짜 어디다 대고 주먹질이야!"

반디의 멱살을 잡았다. 어이가 없다. 갑자기 여기 이 장소, 이 상황에 반디가 왜 내 앞에 있는 건지, 어째서 주먹을 휘두르는 건지 상황정리가 안 됐다.

"너야말로 여기에 왜 들어온 거야!"

내가 잡은 멱살을 풀어내며 반디는 다시 주먹을 움켜쥐고 코앞에 들이댔다. 두 번은 안 당한다. 반디 주먹을 꽉 잡았다.

"선전포고는 하고 수류탄을 던져야 할 거 아냐! 이게 뭐하는 짓이야."

우리 둘은 이글거리는 눈빛으로 서로 쏘아보았다.

"그 양말, 내놔!"

반디 목소리는 낮고 위협적이었다.

"네 것이 아닌 걸 내놓으라고 할 거면, 왜 그래야 하는지 이유부터 말해!"

"그 노래, 제발 그만!"

반디가 귀를 막으며 소리쳤다.

"뭐야! 너한테도 들려?"

내 생각이 맞았다. 이 녀석 양말에 대해 눈치를 챈 것이다. 아무리 그렇다고 여기까지 따라와서 양말을 내놓으라니, 이건 너무 오버다.

"최반디, 이 양말이랑 무슨 상관이 있는 거지?"

그 순간, 번뜩 뇌리를 스치는 게 있었다. 내 또래라던 그 아이, 어떤 남자가 업고 와서 밤새 자장가를 불러 주더라는, 나중에 자라거든 노래를 전달해달라던 남자아이.

"혹시, 너, 사자가 말하는 그 아이냐?"

반디 얼굴이 하얗게 변하는 걸 보고 확실히 알 수 있었다. 이 사자 갈기 양말의 아니, 사자 갈기에 들어간 노래의 진짜 주인이 반디라는 걸. 양말을 신고 왔던 날부터 삐딱하게 굴던 반디. 아무리 조심스럽게 양말을 감춰도 대번에 신고 온 걸 알아차리던 반디, 무엇보다 반디를 보면 똥 마려운 강아지처럼 끙끙대던 양말. 이제까지 맞춰지지 않던 퍼즐 조각이 한꺼번에 아귀가 맞춰지는 느낌이 들었다.

아니다, 한 가지 빠진 퍼즐 조각이 있다.

"왜 도망가는 거야? 이 노래가 찾는 건 너잖아!"

노래는 양말에 담겨서까지 반디를 찾아다니는데, 양말을 향해 느껴지는 반디의 감정은 분노에 찬 적대감이다.

"도대체 왜 네가 그 노래를 가져온 거야? 내가 그동안 꼬마를 얼마나 피해 다녔는지 알아?"

아직도 눈에 벌겋게 핏발이 선 채 반디가 노려보았다.

아, 꼬마가 그랬다. 원래 다른 형아를 찾고 있었다고. 그러니까 꼬마가 형아를 못 찾은 게 아니라 그 형아가 꼬마를 피해 다닌 거였구나. 덕분에 중간에 붕 뜬 노래가 애꿎은 나를 따라온 거고. 꼬마가 배달 사고만 내지 않았다면 내가 여기에 와 있을 이유가 없다.

"꼬마를 피해 다녔다니, 그럼 넌 모든 걸 다 알고 있었다는 거 아냐!"

벌컥 화가 났다. 드라마 속 삼각관계 중 나는 주인공들 사이에서 엉뚱하게 찍힌 꼭짓점이었던 것이다. 그랬던 주제에 노래를 덤으로 얻어 으스대기까지 했다. 그 꼴을 옆에서 지켜보고만 있었다 이거지. 그러면서 얼마나 나를 비웃었을까.

"그동안 왜 모른 척 한 거야?"

"모른 척 안 했어. 양말에 대해 분명히 경고했을 텐데."

"양말을 처음 신고 왔던 날 사실대로 이야기해 줬으면 됐잖아."

"믿었을까?"

하긴, 그랬을 리 없다.

반디는 자리에 털썩 주저앉았다. 그러고는 아무 말도 하지 않고 한참 동안 가만히 있었다. 나도 곁에 앉았다.

"일곱 살 때쯤 아버지가 동물원에 가자고 했어. 둘이 나들이를 하는 건 처음이어서 얼마나 신났는지 몰라."

한참만에야 흥분을 가라앉힌 반디가 이야기를 시작했다.

"가난한 밤무대 가수였던 아버지는 쉬는 날이면 행사를 다니느라 늘 바빴어. 어린이날이나 크리스마스를 한 번도 같이 보내 본적이 없었으니까. 하지만 우리가 찾아간 동물원은 하필 그날이 쉬는 날이었지."

"엄마는 같이 안 가셨어?"

"엄마… 안 계셔. 일찍 돌아가셨어."

짧은 침묵이 흘렀다. 그동안 반디에 대해 너무 모르고 있었다는 생각이 들었다.

"아버지는 피자 가게로 나를 데려갔어. 거기서 그런 말을 하시더라. 아버지가 좀 멀리 떠나야 해. 가서 돈 많이 벌어 올게."

말을 잠시 멈추고 반디가 큰 숨을 몰아쉬었다.

"나는 화가 나고 두려워서 견딜 수가 없었어. 아버지는 나를 할머니 집에 맡기고 돈 벌러 떠난다고 했어. 아버지는 울다 지친 나를 업고 여기저기 돌아다녔어. 그러다 배고픈 다리까지 왔고 이 동물원을 발견했지."

배가 아니라 마음이 고팠을 두 사람의 모습이 눈앞에 그려지는 듯했다.

"잠든 척했지만 나는 다 봤어. 밤새 〈꽃밭에서〉를 불러 주신 것도 알아. 나를 재울 때면 늘 그 노래를 불러 줬거든."

"그 노래, 양말이 지금도 부르고 있어. 너한테도 들리지?"

반디는 고개를 끄덕였다.

"얼마 후 아버지가 돌아가셨어. 암 선고를 받고 두 달 시한부를 살면서도 아무에게도 말을 안 하셨대. 외국으로 일하러 간다고 해 놓고 병원에 입원하셨던 거야. 아버지가 돌아가신 후 충격으로 할머니도 돌아가셨지. 일곱 살에 나는 완전히 고아가 되어 버리고 말았어."

"그럼 너, 지금은 어디서 사는 건데."

"친척 집, 먼 친척 집, 그 친척이 아는 집을 전전하면서. 한동안은 보육원에서 지낸 적도 있었고."

깜짝 놀랐다. 반디가 부잣집 아이인 줄만 알았다. 과외 같은 걸 받아서 공부든 뭐든 잘하는 거로 생각했다.

"가끔 이곳에 왔어. 힘들 때 무작정 걷다 보면 어느새 이 동물원 앞이었지. 어느 날인가 꼬마가 양말 파는 걸 봤어. 끊임없이 노

래가 들려오고 있었고. 난 번번이 꼬마가 말을 걸어오기 전에 도
망쳤어. 꼬마는 몇 번이나 내 주위를 맴돌았지만 멀리까지 노래가
들려와서 피해 다닐 수 있었어."

"왜 피해 다닌 거야? 아버지가 남긴 노래잖아."

내 말에 반디가 나를 뚫어지게 바라봤다.

"네가 만약, 나라면 그 노래가 마냥 좋기만 했겠냐?"

반디의 눈은 슬퍼 보였다.

"그때 나는 고작 일곱 살이었어. 엄마, 아빠, 할머니. 나만 남기
고 모두 떠나 버렸어. 세 사람 모두 어떻게 나만 이 세상에 두고 가
버릴 수가 있는지. 난 기댈 사람이 아무도 없었어."

반디 눈에 눈물이 고이기 시작했다.

"널 위해 뭐라도 하고 싶으셨을 거야. 그 간절함을 노래에 담으
셨겠지. 노래가 제 주인을 못 찾으니 돌림노래처럼 뱅뱅 돌며 헤
매고 다닌 거잖아."

"미워서 견딜 수가 없었어. 아빠는 나에게 노래를 주면 편하게
떠날 수 있을 것 같다고 했어. 편하게라니…. 그렇게 편하게 떠나
버리고 노래 따위로 나한테 뭘 해 줄 수 있는데. 부모 없는 고아인
게 달라져? 이집 저집 떠넘겨 다니느라 가방을 제대로 풀지 못
하고 살았어. 아버지가 필요하고, 엄마가 필요했고, 눈치 안 보고

살 집이 필요했어. 그깟 노래가 아니라."

갑자기 말을 멈추고 반디가 눈을 감았다.

"지금 나오는 노래, 아버지가 제일 좋아하는 노래야."

반디 눈에서 굵은 눈물이 흐르기 시작했다. 눈물이 말해 주고 있었다. 얼마나 간절히 반디가 이 노래들을 원하는지.

"이 양말을 어떻게 하면 좋겠냐. 아무래도 주인을 알아보는 모양이다. 양말이 자꾸 보챈다."

반디가 눈앞에 나타난 후로 양말은 더 큰 소리로 숨 가쁘게 노래를 불렀다. 발도 점점 더 뜨거워져서 참기가 힘들었다.

"너에게 들려주고 싶으셨던 노래를 내가 붙들고 있으면 안 되지. 노래를 이렇게 돌려주는 게 맞을지 모르겠지만, 아무튼 니가 이 양말의 주인이니까."

양말을 벗어 반디에게 주었다. 잠시 망설이던 반디는 양말을 받아 들었다.

"결국, 이렇게 돌아오는구나."

반디는 이내 결심한 듯 양말을 신었다. 반디 발이 양말로 들어간 순간 기다렸다는 듯 사자 갈기가 바람에 휘날리듯 요란하게 움직였다. 동시에 노래들이 쏟아져 나왔다. 그동안 내 귀를 뱅뱅 돌며 몸살을 하던 모든 노래가 앞다투어 갈기를 빠져나와 제 주인을 찾아갔다.

"모두 아버지 노래들이야."

반디는 눈을 감고 한참 동안 그대로 서 있었다.

"아버지 목소리야. 아버지가 부르고 있어."

반디 얼굴이 발그레해졌다. 노래를 가만가만 따라 부르기도
했다.

잠시 후 빳빳하게 곤두섰던 사자 갈기들이 순하게 내려앉았다.

"아버지, 죄송해요. 오래 기다리게 해서."

반디의 눈에서 또르륵 눈물이 흘러내렸다.

나의 노래

반디는 곱게 접은 사자 갈기 양말을 나에게 다시 돌려주었다.

"왜 다시 내게 돌려주는 거야? 더 이상 노래랑 너 사이에 끼어있기 싫은데!"

"아니, 여기로 새로 이사했다."

반디는 제 머리카락을 가리키며 씩 웃었다. 그러면서 머리카락을 손가락으로 휙 날리기까지 했다.

"뭐? 머리카락으로 들어갔어? 하긴 사자 갈기나 사람 머리카락이나 딱히 다를 건 없겠다."

반디의 머리카락으로 들어간 노래는 순해졌다. 제 주인을 찾더니 돌림노래를 멈추고 더는 떼를 쓰지 않는다고 했다. 물론 나에게도 노래들은 들려오지 않았다.

"원래 누군가의 애창곡은 모두 그 사람 머리카락 속에 살아. 어떤 노래가 맘에 들면 종일 머릿속에서 맴맴 돌지? 노래가 머리카락 속으로 들어와서 그런 거야."

그런 건가? 내 노래들은 운도 지지리 없다. 이렇게 음정 박자 무시하는 주인을 만나면 노래들이 얼마나 고달플까?

노래를 보내고 평범해진 사자 갈기 양말을 곱게 접어 서랍에 넣어 두었다. 씁쓸했다. 더는 이 양말을 신을 일은 없을 테고, 그것은 내가 다시 음치가 되어야 한다는 뜻이었다.

"참, 좋은 경험이었어."

잠시라도 느껴봤으니 됐다. 무대에 선다는 것, 황홀했지만 내 몫은 아니었다.

양말 사건을 겪은 후, 반디와 나는 베프가 되었다. 내가 가지지 못한 것을 쥐고 있는 반디에 대한 질투심을 내려놓자 녀석의 서글서글함이, 반듯함이 눈에 들어왔다. 더구나 반디가 처한 상황에서, 그런 것들을 지키고 있다는 것에 대해서는 존경심마저 생기려고 했다.

"반디야, 두 번째 소절에서 반음 내려서 불러야 해. 그리고 중간쯤부터 호흡이 좀 빨라지더라."

"시후야, 너는 곡을 듣고 분석하는 능력이 탁월한 것 같아. 음악 평론이나 작곡을 해 보면 어때?"

노래를 듣고 장단점을 금방 파악하는 나를 보고 반디가 말했다.

"작곡은 몇 번 해 봤어. 허접하긴 해도."

사실, 예전부터 혼자 작곡 공부를 하고 있었다. 재능은 없으나 음악에 대한 열정만은 넘쳐 늘 음악 언저리를 떠나지 못했다. 그래서 가끔 인터넷 사이트에 나온 음악 강의를 몇 개 듣고 끄적거려 본 곡이 있었다. 반디는 악보를 보고 눈이 휘둥그레졌다.

"정말 이게 니가 만든 노래라고?"

그러면서 대번에 그 자리에서 부르기 시작했다. 어설프기 짝이 없는 곡이었는데 반디가 부르니 제법 그럴듯했다. 진정 내가 만든 곡인가 싶었다.

"윤시후, 작곡을 하다니! 폭풍 감동인데? 이 노래 너무 좋다!"

"폭풍 감동씩이나. 이런 거로 감동한다면 메가톤급으로 더 감동시켜 줄 수도 있지."

그동안 작곡해 왔던 곡을 쭈욱 풀어놨다.

"너는 작곡하고 내가 그 노래를 부르는 거 어때? 이거야말로 환상의 복식조가 되겠는걸?"

시크한 척했지만, 가슴이 뛰었다. 내가 만든 노래가 세상에 울려 퍼진다고 생각하니 황홀해졌다.

정식으로 작곡 공부를 하고 싶었다.

엄마에게 내가 작곡한 노래 한 곡을 들려주고 작곡 학원에 보내 달라고 했다.

"엄마를 위한 노래 같은 것도 만들 수 있어? 감동적이고 삘 충만 하게!"

가만히 눈을 감고 감상하던 엄마는 작곡을 배우겠다는 나를 말 리는 대신, 엄마 찬양가를 매월 한 곡씩 지어 바치면 생각해 보겠 다고 했다.

미션 임파서블이었지만 기꺼이 파서블하게 만들 것을 맹세했다.

"학원 알아봐. 대신 전교 등수 100등 상향 조정시키는 거 잊지 말고."

엄마는 의외로 선선히 허락했다. 그러면 조금 멋있어 보일 거라 생각했겠지만, 진짜 멋졌다.

5교시 국어 시간이었다. 또다시 아이들은 겸손한 자세로 선생님 께 꾸벅꾸벅 인사를 시작했다.

"왜 하필 내 시간이 5교시인 거냐! 좋다. 오랜만에 번개 실시!"

"와아~!"

기다리던 시간이다.

침을 꼴깍 삼켰다. 나도 모르게 발가락에 힘이 들어간다. 반디랑 눈이 마주쳤다. 우리는 고개를 까닥이며 신호를 보냈다.

"다음 번개 타임에 네가 만든 이 곡을 부르겠어!"

며칠 전, 새로 만든 곡에 홀딱 반해 버린 반디가 말했다.

"그럼 난 우쿨렐레를 연주해서 네 노래를 더욱 빛내보도록 하지. 음하하하."

작곡을 배우면서 우쿨렐레를 함께 배우고 있다. 목소리가 아닌 네 개의 줄이 나를 대신해 노래를 부른다.

"저요!"

나는 손을 번쩍 들었다.

"에이 참아 주시지. 변성깡통 윤시후!"

사자 갈기 양말이 양말 본연의 자세로 돌아간 후, 때마침 나에게도 변성기가 찾아왔다. 하루아침에 또다시 음치가 돼 버린 목소리는 이번에야말로 변성기라는 좋은 구실 뒤에 숨었다. 음치깡통이라는 별명도 변성깡통이 되었다.

"혹시 너 성대가 두 개니? 도저히 같은 사람 목소리라고 볼 수 없어. 아무리 변성기가 왔다지만 어떻게 며칠 사이에 음색이 이렇게 왔다 갔다 할 수 있는 거니?"

음악 선생님은 귀신이라도 홀린 사람처럼 나를 바라봤다.

다행인 것은 예전처럼 노래가 목구멍에 걸려 허우적대지는 않는다는 것이었다. 음정, 박자 엉망인 채였지만 제멋대로 튀어나가지는 않았다. 최선을 다해도 어쩔 수 없는 일도 있다. 그건 내 잘못이 아니다.

"시후랑 저랑 듀엣 공연할 거예요."

반디가 나서자 아이들은 언제 그랬냐는 듯 환호성을 지르기 시작했다.

"그럼 이야기가 달라지지, 냉큼 나와서 공연하도록 해!"

"음치와 가수의 듀엣 공연이라, 쓸데없이 호기심을 자극하는걸. 크크."

비웃음 반 기대 반인 아이들 앞에 반디와 나란히 섰다. 나는 늘 가지고 다니는 우쿨렐레를 메고 나갔다.

"지금 부를 이 곡은 윤시후가 작사, 작곡 한 곡입니다."

반디가 차분한 목소리로 노래에 대해 소개했다.

"변성깡통이 작곡을 한다고? 설마."

"작사, 작곡에 연주? 오키, 윤시후가 노래만 안 하면 돼."

우리는 서로 마주 보고 웃었다. 반디가 노래를 시작했다. 내가 만든 노래가 반디의 목소리를 타고 교실 안에 울려 퍼졌다. 우쿨렐레 연주는 흥을 돋운다.

아이들의 머리카락이 바람에 남실대며 휘날리기 시작했다.

배고픈 다리 동물원 재개장

폐쇄를 결정했던 배고픈 다리 동물원이 다시 회생의 길을 걷게
되었다.

환경단체의 반발로 원자력 발전소 건설 계획이 전면 백지화가 되
면서 동물원의 폐쇄 문제도 도마 위에 올랐다. 하지만 이미 다른
동물들이 모두 떠난 데다 관람객이 적어, 도저히 운영을 이어갈 수
가 없는 실정이어서 결국 폐쇄가 결정되는 듯했다. 하지만 동물원
의 사육사 김 씨가 배고픈 다리 동물원을 계속 운영할 수 있도록
해 달라며 자신의 전 재산을 동물원에 기증했다. 사육사 김 씨는
그동안 입양되지 못해서 남아 있는 동물들을 그대로 동물원에 남
게 하고 비어 있는 사육장에는 다른 동물원에서 늙거나 병들어서
안락사 위기에 처한 동물들을 입양해 올 수 있게 해 달라고 했다.

"동물들도 우리 사람과 똑같은 생명입니다. 작은 우리에 갇혀 사
람들에게 기쁨이 되어준 동물들을 이제 쓸모가 없어졌다고 안락
사를 시킨다는 건 너무 잔인한 일입니다."

평생을 동물들과 함께해온 사육사 김 씨는 여생을 아프고 힘든 동물들과 함께할 생각이라고 말했다. 이러한 사육사의 노력으로 결국 배고픈 다리 동물원은 다시 개장하게 되었다.

동물보호단체에서도 사육사의 뜻에 동참하여 수의사를 상근시키기로 하였고, 의료비도 지원하기로 하였다. 또한, 전국 각지에서도 후원의 손길이 이어지며 사육사의 동물들에 대한 애정이 많은 이들에게 귀감이 되고 있다.

주머니 속, 사랑 두 알

일상의 많은 것들이 매 순간 우리에게 말을 걸고 있어요. 그 이야기를 듣고 세상에 전해주는 것이 작가가 하는 일이겠지요.

얼룩말 울음소리가 들려온 것은 딸아이가 신고 던져놓은 양말이었어요. 동그랗게 말린 얼룩말 무늬 양말이 나를 불렀고, 이야기를 들려주었어요.

"이 양말 사 가. 무늬가 형아를 불러."

주인공은 길을 가다 꼬마가 부르는 소리에 뒤를 돌아봅니다. 주근깨투성인 볼에 머루처럼 큰 눈을 가진 꼬마.

나는 꼬마에게 당당함을 허락했어요. 꼬마는 물건을 파는 게 아니에요. 각각 사연을 가진 그들을 만나게 해 주는 다리의 역할을 해 주었지요.

사실, 주근깨와 동글동글한 눈의 설정은 어린 왕자를 연상케 하고 싶은 의도가 있었어요. 뱀에게 물려 지구를 떠나기까지 어린 왕자는 이곳에 2년 정도 있었다고 합니다. 사막으로 가기 전 어린 왕자가 나를 찾아왔다면 어땠을까. 그런 상상을 한 적이 종종 있었지요. 판타지 속에서 막 걸어 나온 듯, 신비로운 캐릭터. 내가 그리고 싶은 아이였어요.

꼬마는 아무에게나 양말을 팔지 않아요. 무늬나 갈기에는 주인이 있고 각각 사연이 있지요. 꼬마에게는 어떤 사연이 있는 걸까요. 정말 어린 왕자처럼 소행성 B612에서 왔는지도, 아니면 동네 어린이집에 다니는 평범한 아이인지도 모를 일입니다.

나는 끝내 꼬마의 정체를 밝히지 않았어요. 그것은 독자의 몫으로 온전히 남겨두었습니다.

상실의 시대. 우리는 뭔가를 잃어버리고 삽니다. 꿈을, 순수함을, 부모형제를 또는 연인을, 친구를…. 가끔은 무엇을 잃어버렸는지도 모른 채 막연하게 외로워하기도 하지요.

여러분 또한 무언가 잃어버리고 살고 있겠지요. 더욱 안타까운 것은 자신의 의지와 상관없이 부모나 어른들에 의해 잃어버리기도 한다는 것입니다. 나는 그런 친구들에게 위로가 되고 또는 변명 같은 글을 쓰고 싶어요. 잃어버린 것들을 찾는 데 조금이나마

도움이 되고 싶은 마음이에요.

작가는 종종 자기가 쓴 글에 직접 들어가 혼연일체가 되는 행운을 누리기도 합니다. 나는 이 글을 쓰면서 그런 귀한 경험을 했어요. 초고부터 울컥하더니 장편으로 쓰는 과정에서는 펑펑 울면서 썼답니다. 퇴고할 때마다 눈물이 흐르며 카타르시스를 느꼈어요. 이 글을 쓰며 가장 많은 도움을 받은 이는 사실, 작가인 나라고 할 수 있겠네요.

나는 늘 주머니에 사탕 두 알을 넣고 다녀요. 이 글을 읽는 여러분도 사탕 두 알을 준비해 보세요. 어느 골목 모퉁이에서 양말을 파는 꼬마를 만나거든 꼭 양말을 사시길. 주머니 속 사탕 두 알은 잃어버린 무언가를 찾아 줄 마법의 동전이 될지도 모르니까요.

아, 꼬마는 자존심이 강해요. 절대 공짜 사탕을 받지 않으니 이 점도 유의하시길.

윤미경